Olive Schreiner
Peter Halket im Mashonalande

I0640009

fabula Verlag Hamburg

ISBN: 978-3-95855-259-3
Druck: fabula Verlag Hamburg, 2017
Covergestaltung: Martha Czerwinzki

Der fabula Verlag Hamburg ist ein Imprint der Diplomica Verlag GmbH.
Bibliografische Information der Deutschen Nationalbibliothek:
Die Deutsche Nationalbibliothek verzeichnet diese Publikation in der Deutschen Nationalbibliografie; detaillierte bibliografische Daten sind im Internet
über http://dnb.d-nb.de abrufbar.

© fabula Verlag Hamburg, 2017
http://www.fabula-verlag-hamburg.de
Printed in Germany

Olive Schreiner

Peter Halket im Mashonalande

I.

Es war eine dunkle Nacht und von Osten her kam ein schnei-
dend kalter Luftzug, der nicht stark genug war, das Feuer aus-
zulöschen, welches sich der Reiter Peter Halket angezündet
hatte, aber die Flamme doch ein wenig hin und her wehte. Er
saß neben dem Feuer oben auf einem »Koppje«.[1]

Rings um ihn herrschte undurchdringliche Finsternis;
nicht ein Stern war an der schwarzen Wölbung über seinem
Haupt sichtbar.

Er und ein Dutzend anderer Mannschaften von der Chartered Company waren unterwegs, um Vorräte von Mais und
Reis in das nächste Lager zu bringen; man hatte ihn zu Fuß
als Kundschafter längs einer niedrigen Hügelkette ausgeschickt und er hatte sich dabei verirrt. Seit acht Uhr morgens
war er zwischen dem hohen Gras, den kleinen Steinkuppen
und dem verkrüppelten Gestrüpp herumgewandert, ohne
eine andere Spur menschlicher Wohnungen zu treffen als
die Überbleibsel eines niedergebrannten Kaffernkraals und
ein verwüstetes, zertretenes Maisfeld; denn vor vier Wochen
hatten die Soldaten der Chartered Company hier eine Niederlassung der Eingeborenen zerstört.

Dreimal war es ihm im Lauf dieses Tages begegnet, dass
er an die nämliche Stelle zurückgekehrt war, von der er ausgegangen; auch war es gar nicht seine Absicht, sich sehr weit
zu entfernen. Denn er wusste, seine Kameraden würden
umkehren, ihn zu suchen, wenn er abends nicht im Lager

---

1 Koppje werden in der Steppe die kleinen Hügel genannt, die einzeln
oder gruppenweise auftreten und deren dunkles Gestein oft fantasti-
sche Formen zeigt.

einträfe, und nach der Stelle zurückkommen, an der sie ihn zuletzt gesehen hatten.

Peter Halket war sehr müde. Den ganzen Tag über hatte er nichts gegessen und selbst nicht aus dem Fläschchen mit Kapbrandy getrunken, das in seiner Brusttasche steckte; wusste er doch nicht, wann er es wieder gefüllt bekäme. Als die Nacht einbrach, beschloss er oben auf einem der kleinen Hügel zu rasten, der etwas entfernt von den anderen stand. Dort konnte sich niemand heranschleichen, ohne dass er es merkte. Vor den Eingeborenen fürchtete er sich nicht; ihre Hütten und Getreidevorräte waren auf dreißig englische Meilen in die Runde nieder gebrannt und sie selbst waren entflohen. Aber er empfand etwas Angst vor den Löwen, die er noch nie gesehen und von denen er nur erzählen gehört hatte; sie konnten im hohen Grase oder im Gestrüpp am Fuß der kleinen Kuppe lauern, und dann beschlich ihn noch eine andere Besorgnis – er wusste nicht klar weshalb – als er daran dachte zum erstenmal die lange Nacht allein im »Veldt«[2] zuzubringen.

Gegen Sonnenuntergang hatte er einen Haufen von trockenen Ästen und Baumknorren auf der kleinen Kuppe zusammengetragen. Er wollte die ganze Nacht ein Feuer unterhalten und sobald es dunkelte, zündete er es an. Vielleicht sahen seine Kameraden den Schein; dann würden sie frühmorgens kommen, ihn abzuholen und jedenfalls würden die wilden Tiere sich nicht an ihn heranwagen, so lange er neben dem Feuer kniete – vor den Schwarzen war ihm nicht bange. Er legte das Feuer kunstgerecht an, fest entschlossen, wenn es ihm möglich sei, die ganze Nacht wach zu bleiben.

Peter Halket war hager und von mittlerer Größe mit einer schräg abfallenden Stirn und wasserblauen Augen; aber das Untergesicht hatte einen harten Zug, und den dünnen Lip-

---

2 In der Steppe.

pen des großen Mundes sah man an, dass dieser Mann den Genuss leidenschaftlich begehren und voll auszukosten vermöge, wenn er sich ihm bot. Einige weiche hellblonde Härchen am Kinn zeigten die ersten Mannesjahre an. Von Zeit zu Zeit lauschte er gespannt, ob von dem fernen Lagerplatz seiner Freunde irgendein Ton herüber dringe; denn wenn sie seinen Feuerschein bemerkten, würden sie ihre Flinten abschießen. Noch gespannter horchte er, ob sich in der Nähe etwas hören lasse, doch alles war still; nur manchmal knisterte das brennende Holz, und der Wind, der um das Gestein auf der Kuppe blies, gab einen leisen pfeifenden Laut. Er legte den brettkrämpigen Filzhut zusammen und steckte ihn in die Tasche seines Überrocks; dafür setzte er eine kleine zweizipfelige Mütze auf, die ihm seine Mutter gemacht hatte und die den Kopf so eng umschloss, dass nur eine einzige Locke seines semmelblonden Haares über die Stirn herabfiel. Den Kragen klappte er in die Höhe, um die Ohren und den Nacken zu schützen, knöpfte aber den Rock vorn auf, um sich am Feuer zu wärmen. Er hatte viele Nächte, die kälter als diese waren, am Lagerfeuer mit den Kameraden verbracht; sie erzählten sich dann von den Schwarzen, die sie niedergeknallt, von den Dörfern, die sie zerstört hatten, oder sie schimpften über ihre Rationen – aber heute drang ihm die Kälte bis auf die Knochen. Die Dunkelheit der Nacht über ihm, die Stille der Steppe rings um ihn her bedrückte ihn. Wenn in der Ferne doch wenigstens ein Schakal oder selbst ein größeres Raubtier gebrüllt hätte, oder er wünschte dass der Wind etwas lauter gepfiffen hätte, statt so leise ächzend um die Steine zu streichen. Er sah nach seinem Gewehr; es lag schussbereit rechts neben ihm an der Erde, und ab und zu griff er mechanisch nach den Patronen in seinem Gürtel. Dann streckte er wieder die kleinen knochigen Hände gegen das Feuer, um sie zu wärmen. Es war erst halb elf Uhr; dennoch schien es ihm, als habe er mindestens schon zehn Stunden hier gesessen.

Nach einer Weile warf er zwei größere Knubben in das Feuer und zog die Flasche heraus, betrachtete sie genau bei dem Feuerschein, um zu sehen, wie viel sie enthalte. Dann nahm er einen kleinen Schluck, sah sich wieder an, wie weit die Flüssigkeit gefallen sei und steckte sie in die Brusttasche zurück.

Und nun fing er an seinen Gedanken nachzuhängen.

Das war etwas seltenes bei ihm. Auf der Feldwache oder wenn er mit den Kameraden um das Lagerfeuer saß, hatte er keine Zeit zum Grübeln; Nachdenken war überhaupt niemals Peters Sache gewesen. Er war ein träger Schüler in der Dorfschule gewesen, und als er aus dieser entlassen war, hatte seine Mutter zwar dem Dorfapotheker viel Geld bezahlt um mit ihm abends gelehrte Bücher über Geschichte und Mathematik zu lesen, aber behalten hatte er nicht viel davon. Für gewöhnlich lebte er nur in der Welt, die ihn unmittelbar umgab, ließ sich von den Dingen treiben, und wenn der Anstoß nachließ, war es ihm auch gleichgültig. Aber in dieser Nacht aufs dem Hügel gab er sich den Gedanken hin und sie bildeten sich zu fortlaufenden Ketten.

Zuerst überlegte er, ob wohl seine Mutter je den Brief bekommen werde, den er in der vorigen Woche abgeschickt hatte; und ob er ihr in ihrem Häuschen abgegeben würde oder sie ihn sich von dem Postbureau abholen müsse. Dann dachte er an das kleine englische Dorf, in dem er geboren und aufgewachsen war. Er sah die fetten weißen Enten seiner Mutter sich unter dem Gatter durchdrücken, wenn sie herunter nach dem kleinen Teich watschelten, der hinter ihrem Hof lag, oder von dort zurückkamen. Er sah das Schulhaus, das ihm in seiner Knabenzeit so verhasst gewesen war, und wo er so oft geschwänzt hatte, um Nester auszunehmen oder zu angeln. Er sah die Lithographien an der Wand des Schulzimmers, auf welche die Nachmittagssonne gerade schien, wenn er nachbleiben musste. Auf dem einen Bilde segnete

Jesus die Kindlein und auf einem anderen, gerade über der Tür, hing er mit ausgestreckten Armen am Kreuz und aus seinen Füßen floss Blut. Weiter dachte Peter an den verfallenen Turm und wie oft er auf die Ruine geklettert war, um Vogeleier zu holen. Und er sah wie seine Mutter vor der Tür ihres Häuschens stand, wenn er abends heim kam; er fühlte ihre Arme um seinen Hals, wenn sie ihn küsste. Aber er fühlte auch ihre Tränen auf seiner Wange, weil er wieder den ganzen Tag von der Schule fortgeblieben war. Dann hatte er sich entschuldigt und gelobt, es nie wieder zu tun, sie sollte nur nicht weinen. Er hatte oft an sie gedacht, seit er sie verlassen hatte: damals an Bord des Schiffes und dann, als er für einen Spekulanten auf Erz schürfte, und auch seit er sich für die Truppe hatte anwerben lassen. Aber es war immer nur so beiläufig und unklar gewesen; er hatte sie nicht gesehen und gefühlt. Doch heute sehnte er sie herbei, wie er es als ganz kleiner Junge getan hatte, wenn er in der Stube in seinem Bettchen lag und ihren Schatten durch die Tür sehen konnte, wie sie am Waschfass stand und Geld verdiente, um ihn ernähren und kleiden zu können. Er entsann sich, wie er nach ihr gerufen hatte. Dann war sie gekommen, hatte die Decken um ihn gestopft und ihn ihren »kleinen Simon« genannt. Es war sein zweiter Name und der seines Vaters gewesen, und sie nannte ihn nur so, wenn er nachts in seinem Bettchen lag oder sich weh getan hatte. Da saß er und starrte in die Glut. Er nahm sich vor, recht viel Geld zu verdienen; dann sollte seine Mutter zu ihm ziehen. Er wollte sich ein großes Haus im Westend von London bauen, prächtiger als es irgendein anderer habe und auch noch eins auf dem Lande, und dann brauchten sie nicht mehr zu arbeiten.

Er saß ganz regungslos da, während er immer noch in das Feuer starrte.

Alle Leute verdienten Geld, wenn sie nach Südafrika gingen: Barney Barnato, Rhodes – die hatten alle etwas aus dem

Lande herausgeschlagen, acht Millionen – zwölf Millionen – sechsundzwanzig Millionen – vierzig Millionen: Warum sollte er nicht auch reich werden?

Plötzlich zuckte er zusammen und lauschte. Aber es war nur der Wind, der den Hügel hinaufkam wie ein großes asthmatisches Tier, das langsam aufwärts kriecht; und er blickte wieder ins Feuer.

Er dachte über seine geschäftlichen Aussichten nach. Wenn er seine Zeit als Freiwilliger ausgedient hätte, würde er ein großes Stück Land erhalten. Bis dahin wären die Mashonas und Matabeles völlig unterworfen und ihnen alles Land fortgenommen, und die Chartered Company würde ein Gesetz erlassen, dass sie für die Weißen arbeiten müssten und er, Peter Halket, würde schon darauf halten, dass sie tüchtig für ihn arbeiteten. Dabei konnte er Geld verdienen.

Weiter überlegte er, was er mit dem Lande machen würde, wenn es nichts taugte und er nicht dabei reich werden könnte. Dann würde er ein Syndikat bilden – zur Ausbeutung der Peter Halket Goldfelder oder Peter Halket Eisengrube – ja so ein Name musste es sein. Es war Peter Halket zwar nicht ganz klar, wie so etwas gebildet wurde, nur soviel wusste er, dass er und einige andere Leute Aktien nehmen müssten. Natürlich brauchten sie nichts dafür zu zahlen. Dann würden sie irgendeinen einflussreichen Mann in London herankriegen, auch Aktien zu nehmen. Bezahlen brauchte er ebenfalls nicht dafür: Sie würden sie ihm so geben, und dann war die Aktiengesellschaft gegründet. Keiner brauchte etwas zu bezahlen, der Name tat alles: Die Peter Halket Goldfelder – Aktiengesellschaft – mit beschränkter Haftpflicht. In London musste man sie an den Markt bringen. Leute, welche das Land nicht kannten, würden die Aktien kaufen; diese Leute mussten allerdings bar Geld dafür geben, das versteht sich. Vielleicht stiegen die Aktien bis zu fünfzehn Pfund. Peter Halkets Augen leuchteten, während er in das Feuer starrte. – Wenn sie recht hoch standen, dann würde er alle seine Aktien verkaufen. Selbst wenn er sich nur sechstausend genommen hätte und sie bloß zu zehn Pfund verkaufte, hätte er, Peter Halket, sechszigtausend Pfund verdient. Dann gründete er eine andere Gesellschaft und später noch eine.

Er strich sich leise über die Knie.

Ja, die Hauptsache war: »Immer zur richtigen Zeit verkaufen.« Über diesen Punkt war Peter ganz klar. Er hatte so viel darüber reden hören. Und dann musste man einen Teil Aktien umsonst an Leute mit vornehmen Namen geben: Die mussten auch rechtzeitig verkaufen.

Wieder strich er sich nachdenklich über das Knie.

Aber die andern Leute, welche die Aktien bar bezahlt hatten? Nun die konnten sie auch verkaufen; alle konnten verkaufen.

Jetzt war es nicht mehr ganz so klar in Peter Halkets Kopf. Die Sache wurde ihm zu schwierig, so wie die Regeldetri-Exempel in der Schule, wenn er nicht mehr den Zusammenhang zwischen den ersten beiden Gliedern und dem dritten finden konnte. Nun ja, wenn die Aktienbesitzer es nicht wahrnahmen, rechtzeitig zu verkaufen, dann war es ihre eigene Schuld. Weshalb passten sie nicht auf? Peter Halket fühlte sich nicht verantwortlich für sie. Jeder musste wissen, dass er rechtzeitig verkaufen soll. Waren sie nicht gewillt, rechtzeitig zu verkaufen, na, da ließen sie's bleiben. »Man wird nur reich durch die Aktien, die man verkauft, nicht durch die, welche man behält«, das ist eine bekannte Regel.

Ja, aber wenn sie sie nicht verkaufen konnten?

Peter Halket stutzte – zögerte. Nun dann musste die britische Regierung sie kaufen, wenn sie so schlecht waren, dass keiner sie haben wollte, und dann verlor niemand daran. »Die britische Regierung kann nicht zugeben, dass die britischen Aktienbesitzer Schaden leiden.« Das hatte er oft genug sagen hören. Der britische Steuerzahler würde für die Chartered Company zahlen müssen, für die Soldaten und alles übrige. Wenn die Aktien sonst keine Abnehmer fänden, musste die Regierung dafür aufkommen und den Zusammenbruch verhüten, denn es waren Lords, Herzöge und Prinzen daran beteiligt. Warum sollten die englischen Steuerzahler nicht auch dafür aufkommen, wenn es mit Peter Halkets Gesellschaft schief ginge? Einen Lord musste er deshalb auch dabei haben.

Er starrte ins Feuer, ganz hingenommen von seinen Berechnungen und Luftschlössern – Peter Halket, Esq. Direktor der Peter Halket Goldminengesellschaft mit beschränkter Haftpflicht. Dann wenn er erst Tausende verdient hatte, kam das M. P. noch dazu – er wurde Parlamentsmitglied. Hatte er Millionen, so hieß es: Sir Peter Halket, Privy Councillor. Er verfolgte den Gedanken, dabei immer unverwandt in die Glut starrend. Sobald man erst fünf bis sechs Millionen besitzt, kann man hinkommen, wohin man will, und tun, was einem beliebt. Dann wird man nach Sandringham zum Prinzen von Wales eingeladen. Keiner kümmert sich drum, wer die Mutter von solchem Millionär gewesen ist; das ist dann alles gleichgültig.

Mit einemmal wurde es Peter Halket flau zu Mut und er schnallte den breiten Ledergurt zwei Löcher enger.

Selbst wenn man nur zwei Millionen besaß, konnte man sich einen Koch und einen Kammerdiener halten, die einen begleiteten, wenn man in die Wildnis oder in den Krieg zog, und man konnte nach Herzenslust Champagner trinken und Leckerbissen essen. In diesem Augenblick kam diese Fülle ihm noch begehrenswerter vor als eine Einladung nach Sandringham.

Peter zog die Flasche mit dem ordinären Kapbrandy heraus und nahm einen ganz kleinen Schluck.

Andere Leute waren nach Südafrika gekommen ohne einen Heller und steinreich geworden. Warum nicht auch er?

Er steckte kleine Zweige unter die beiden großen Knubben und eine prächtige Flamme lohte empor. Dann lauschte er wieder gespannt. Der Wind legte sich und die Nacht wurde sehr still. Jetzt war es dreiviertel auf zwölf. Der Rücken schmerzte ihn und er hätte sich gern niedergelegt, doch wagte er es nicht, aus Furcht einzuschlafen. Er beugte sich vor, die Hände zwischen den gekreuzten Knien und beobachtete das Feuer.

Allmählich wurden seine Gedanken weniger zusammenhängend; sie glichen vielmehr den einzelnen losgelösten Gliedern einer Kette, Bildern, die sich in bunter Reihe in seinem Gehirn abmalten, als einer zusammenhängenden Folge von Vorstellungen. Während er in die Glut sah, dünkte es ihn, dies sei eines der Feuer, das er und seine Kameraden angezündet hätten, um das Getreide der Eingeborenen zu verbrennen und sie würfen alles hinein, was die Truppe nicht mitnehmen konnte. Dann sah er wieder die fetten Enten seiner Mutter auf dem schmalen Fußsteig zwischen dem grünen Gras auf- und abwatscheln. Gleich darauf sah er die Hütten, wo er mit den Goldsuchern gewohnt und in denen er mit den schwarzen Weibern gelebt hatte. Ja, wo mochten jene Weiber jetzt sein? Jetzt sah er den Schädel eines alten Mashonaniggers, dem die Hirnschale halb abgeschossen war und dessen Hände noch zuckten. Er vernahm das laute Geschrei der schwarzen Weiber und Kinder, als die Maximgeschütze auf ihren Kraal gerichtet waren, und hörte das Explodieren des Dynamits, als eine Erdhöhle gesprengt wurde. Wieder stand er an einem Maximgeschütz; aber es war wie die Mähmaschine, die er in England bedient hatte; doch das, was jetzt niedersank, war nicht gelbes Korn, sondern die Köpfe schwarzer Menschen, und er meinte, wenn er sich umblicke, würden diese reihenweise hinter ihm liegen, wie gemähtes Getreide.

Aus den brennenden Baumstümpfen stieg die Flamme klar und hoch empor und wo sie platzten, zeigte sich der glühende Kern; das Knistern und Knacken erinnerte ihn an das Abschießen einer Batterie. Dann fiel ihm plötzlich eine Schwarze ein, die er und ein anderer Soldat allein in der Wildnis getroffen hatten; sie trug einen Säugling auf dem Rücken und war jung und hübsch. Nun ja – die hatten sie nicht erschossen, aber eine Schwarze war eben keine Weiße. Seine Mutter verstand davon nichts, denn die Begriffe sind so anders in Südafrika als in England. Man kann sich hier nicht an dieselben Regeln halten wie zu Hause. Er hatte ein unbehagliches Gefühl, dass er sich gegen seine Mutter rechtfertigen müsse – und nicht wusste wie.

Weiter und weiter neigte er sich vor, so weit, dass das unter der Mütze herausfallende helle Löckchen beinah vom Feuer versengt wurde. Noch hielt er die Augen offen, doch die Lider schoben sich herunter und die Hände sanken immer tiefer zwischen die Knie. In seinem Gehirn wechselten die Bilder nicht mehr; er hatte nur noch den Eindruck von dem vor ihm befindlichen Feuer.

Plötzlich stutzte er, richtete sich auf und lauschte. Der Wind schwieg jetzt; kein Laut ließ sich hören, dennoch horchte er scharf auf. In der stillen Luft brannte das Feuer mit zwei klaren roten Flammenzungen.

Da hörte er auf der anderen Seite der Kuppe Tritte heraufkommen, den gelassenen gleichmäßigen Schritt nackter Füße.

Dem kecken Reitersmann Peter Halket sträubte sich das Haar zu Berge. Er dachte nicht an Flucht, die Angst lähmte ihn. Mechanisch griff er nach der Flinte, aber eine tödliche Kälte kroch ihm von den Fußspitzen bis zum Kopf. Er hatte eine Maximkanone bedient in einem Kampf mit den Schwarzen, in welchem mehrere Hunderte derselben gefallen waren und nur ein einziger Weißer verwundet worden war, und Furcht hatte er nie gekannt; aber heute waren ihm die Finger steif, als er das Schloss seines Gewehrs berührte. Ein wenig nach der Seite des Feuers geneigt, kniete er gebückt nieder

14

und hielt die Flinte schussbereit. Ein Stein schützte ihn etwas vor einem Feinde, der sich von der entgegengesetzten Seite des Hügels näherte, und sobald die Gestalt sich auf der Höhe blicken ließ, wollte er schießen. Doch plötzlich fuhr es ihm durch den Sinn: Wie, wenn es einer seiner Kameraden sei, der ihn suche, und kein barfüßiger Feind? Die Ungewissheit war qualvoll und er schwankte einen Augenblick. Dann rief er eiskalt vor Entsetzen: »Wer da?«

Und eine Stimme erwiderte langsam und deutlich auf Englisch: »Ein Freund.«

Bei dieser überraschenden Wendung wäre die Flinte beinah Peter Halkets Hand entglitten. Der kalte Schweiß, den die Aufregung bisher zurückgehalten hatte, trat jetzt in großen Tropfen auf seine Stirn. Doch blieb er noch immer in kniender Stellung und hielt das Gewehr in Anschlag.

»Was wollen Sie?«, rief er mit bebender Stimme.

Aus dem Dunkel am Rande der Kuppe trat eine Gestalt in den von dem Feuer hell erleuchteten Kreis.

Peter Halket sah zu ihr empor.

Es war ein hochgewachsener Mann, der ein loses leinenes Gewand trug, welches bis beinah an die Knöchel reichte und sich dicht an ihn schmiegte. Der Kopf, die Arme und Füße waren nackt. Er trug keinerlei Waffe und die vollen Locken seines dunklen Haares wallten ihm bis auf die Schultern herab. Der Soldat betrachtete ihn erstaunt: »Sind Sie allein?«, fragte er.

»Ja, ich bin allein.«

Peter Halket ließ die Flinte sinken und stand auf.

»Haben sich wohl auch verirrt?«, fragte er weiter, immer noch das Gewehr in der Hand.

»Nein. Ich wollte fragen, ob ich eine Weile an Ihrem Feuer sitzen kann?«

»Gewiss! Gewiss!«, antwortete Peter, betrachtete erstaunt das Gewand des Fremden und entfernte allmählich die Hand vom Schloss. »Ich freue mich diebisch über jede Gesellschaft. Es ist eine verdammte Nacht, um hier allein draußen zu sein. Mich wundert nur, wie Sie den Weg bei der Finsternis finden konnten. Setzen Sie sich! Setzen Sie sich!« Nun Peter sich den Fremden ganz genau angesehen hatte, legte er das Gewehr nieder. Der Fremdling setzte sich an die andere Seite des Feuers. Seine Gesichtfarbe war brünett, Arme und Füße durch die Sonne bronzefarben gebrannt; doch die feingeschnittenen Züge und die gewölbte Stirn bewiesen, dass er keiner südafrikanischen Rasse angehöre.

»Sie sind wohl einer von den Sudanesen, die Cecil Rhodes von Norden her mitgebracht hat?«, fragte Peter, ihn neugierig betrachtend.

»Nein. Cecil Rhodes hat nichts mit meinem Kommen zu tun«, versetzte der Fremde. »So!«, antwortete Peter. »Sind Sie zufällig heute einer Abteilung Soldaten begegnet, zwölf Weiße und sieben Farbige mit drei Proviantwagen? Wir sollen sie nach dem großen Lager bringen und ich habe mich heute früh von meinen Begleitern verirrt. Es ist mir nicht möglich gewesen, sie wieder zu finden, obwohl ich den ganzen Tag nach ihnen gesucht habe.«

Der Fremde wärmte die Hände gelassen am Feuer, dann blickte er auf: »Sie lagern heute am Fuß jener Hügel«, sagte er und deutete nach links in das Dunkel. »Sie werden morgen früh, noch vor Sonnenaufgang hier sein.«

»So, dann sind Sie ihnen doch begegnet«, meinte Peter vergnügt. »Deshalb wunderte es Sie nicht, mich hier zu finden. Trinken Sie einen Tropfen.«

Er zog die kleine Flasche heraus und hielt sie ihm hin. »Tut mir leid, dass so wenig drin ist; aber ein Schluck schützt vor der Kälte.«

Der Fremde neigte den Kopf, lehnte indessen dankend ab.

Peter setzte die Flasche an die eigenen Lippen und tat einen kleinen Zug; dann steckte er sie wieder ein. Sein Gast hatte die Arme um die Knie geschlungen und blickte in das Feuer.

»Sind Sie ein Jude?«, fragte Peter plötzlich, als der Feuerschein das Antlitz des Fremden hell beleuchtete. »Ja, ich bin ein Jude.«

»So, darum konnte ich zuerst nicht daraus klug werden, zu welchem Volk sie gehörten; denn Ihre Kleidung, wissen Sie –« Er unterbrach sich und fragte weiter. »Sie treiben wohl hier Handel? Aus welchem Lande kommen Sie denn; vielleicht aus Spanien?«

»Ich bin ein Jude aus Palästina.«

»Wirklich!«, sagte Peter. »Von dort her habe ich noch nicht viele getroffen. Aber von andern Ländern her waren ihrer mehrere an Bord des Schiffs, mit dem ich herausgekommen bin; außerdem habe ich Barnato gesehen und Beit; doch die haben keine Ähnlichkeit mit Ihnen. Das mag wohl daher kommen, weil Sie aus Palästina gebürtig sind.«

Peter Halket empfand gar keine Furcht mehr vor dem Fremden. »So rücken Sie doch ein bischen mehr an das Feuer heran, es muss Sie ja frieren, denn Sie haben gar nichts warmes an. Mir ist trotz meines dicken Rocks eiskalt.« Er schob dabei das Gewehr noch etwas weiter von sich und warf wieder einen großen Kloben in das Feuer. »Tut mir leid, dass ich Ihnen nichts zu essen anbieten kann; aber ich habe seit gestern Abend selbst keinen Bissen gehabt. Einem wird ganz flau, wenn man so mit leerem Magen hier draußen ist. Hätte mir gar nicht gedacht, dass man den Hunger schon nach einem Tage so spürte. Sind Sie auch schon mal draußen gewesen, ohne was zu essen?«, fragte Peter munter und wärmte die Hände.

»Vierzig Tage und Nächte«, versetzte der Fremde.

»Vierzig Tage, alle Wetter!«, entgegnete der Soldat. »Da müssen Sie aber ordentlich zu trinken gehabt haben, sonst hätten Sie's nicht ausgehalten. Ich fühlte mich ganz schlapp, kurz ehe Sie herkamen; aber nun ist mir schon besser, wärmer.«

Dabei schürte er im Feuer und fuhr dann fort, doch ohne jenen anzusehen: »Sie stehen wohl auch im Dienst der Chartered Company?«

»Nein, ich habe nichts mit der Chartered Company zu tun«, war die Antwort.

»Na, dann wundert es mich auch nicht, dass Sie so aussehen, als hätten Sie noch nicht viel vor sich gebracht. Es ist hier schon nicht viel für die zu holen, die zur Chartered Company gehören, mit Ausnahme von den ganz großen Tieren; aber für den, der nicht dazu gehört, ist gar nichts los. Ich hab's versucht, als ich zuerst herkam. Dazumal war ich bei einem Spekulanten in Grubenfeldern, der auch irgendwie mit der Chartered Company zusammenhing. Aber ich stand nur bei ihm im Tagelohn und arbeitete für meine Rechnung. Ich sage Ihnen, hier verdienen nicht die Leute, die arbeiten, sondern nur die großen Herren, die sich die Konzessionen zu verschaffen wissen.«

Die Gegenwart des Fremden wirkte entschieden erheiternd auf Peter. Merkwürdig, dass der eine unbewaffnete Mann ihm alle Furcht genommen hatte.

Da der Fremde den Faden der Unterhaltung nicht aufgriff, fuhr Peter selbst nach einer Weile fort: »Übrigens war das Leben dabei gar nicht so schlecht. Ich wollte nur, ich hätte es wieder so. Ich hatte ein paar Hütten und zwei schwarze Weiber.

Man steht sich viel besser mit den schwarzen als mit den weißen Weibern«, setzte er nach einer Pause hinzu. »Die weißen muss man unterhalten und die schwarzen verdienen noch – und wenn man ihrer überdrüssig ist, kann man sie ohne weiteres los werden. Ja, ich bin sehr für die schwarzen Mädel!«

Peter lachte dabei laut auf. Aber der Fremde saß regungslos da, die Arme um die Knie geschlungen.

»Haben Sie auch welche? Lieben Sie auch die schwarzen Weiber?«

»Ich liebe alle Frauen«, antwortete der Fremde und schlang die Arme wieder um die Knie.

»Was Sie sagen, mir sind sie ganz verleidet. Ich habe so viel Ärger mit meinen gehabt«, er wärmte dabei behaglich bald die eine Handfläche, bald die andere am Feuer, augenscheinlich bereit, sich recht ausführlich darüber auszulassen. »Sehen Sie, das eine Mädel war erst fünfzehn Jahr; ich bekam sie billig von einem Polizisten, der sie eine Weile gehabt hatte, aber sie war nur ein schmächtiges Ding. Aber die andere, so eine Schwarze habe ich nicht wieder gesehen, stattlich und kerzengerade!« Dabei hielt er erläuternd den Finger steif in den Feuerschein. »Dreißig Jahr mochte sie sein und für gewöhnlich will man von schwarzen Frauen in dem Alter nichts wissen. Alle sind auf die ganz jungen Frauen erpicht. Aber mir lag sie im Sinn vom ersten Augenblick an, als ich sie sah. Ein guter Freund von mir hatte sie sich von Norden her mitgebracht. Es hatte einen mordsmäßigen Lärm gegeben, als er sie sich aneignete; denn sie hatte einen schwarzen Ehemann und zwei Kinder, wollte nicht von ihnen weg und lauter solcher Unsinn; Sie wissen ja, wie verrückt das Gesindel ist. Ich redete meinem Freund zu, sie mir abzutreten, aber zum Kuckuck er wollte durchaus nicht; und ich hatte nur die ganz junge, aus der ich mir nichts machte. Ich reise also nach Umtali, hole mir eine Menge Branntwein und andere Getränke und als ich wieder zurückkomme, hatten sie keinen Tropfen mehr zu trinken – schon seit zehn Tagen nichts gehabt und die Regenzeit kam heran, ohne dass sie wussten, wo sie was herkriegen sollten. Nun, ich hatte ein Fässchen mit Kapbrandy, nicht höher als zwei Schuh hoch«, – er zeigte das Maß, »und wie ich mir schon dachte, wollte mein Freund es gern haben. Doch ich sagte, ich wollte es allein behalten. Da bot er mir erst dieses und dann jenes – aber ich wollte nicht und endlich sagte ich: ›Nun aus Gefälligkeit will ich Dir das Fässchen überlassen, wenn Du mir das Mädel lässt.‹ Da willigte er ein. Andere hätten sie vielleicht nicht gemocht, weil sie schon zwei schwarze Kinder gehabt hatte, aber das war mir ganz gleich. Und fleißig war sie. Sie legte einen Garten an, und sie und die junge arbeiteten drin; ich sage Ihnen: In sechs Monaten habe ich keinen Sixpence für die Kost der beiden ausgegeben und konnte sogar noch Mais und Kürbisse an meine Bekannten verkaufen. Und gewitzigt war sie. Sie schnappte viel mehr Englisch auf als ich von ihrem Kanderwelsch und verstand ein Kleid und einen Schal ganz wie eine Weiße zu tragen.«

Der Fremde regte sich nicht und starrte in das Feuer.

Peter Halket machte es sich jetzt bequem vor der Glut. »Eines Tages komme ich unerwartet nach meinen Hütten zurück, um noch etwas vergessenes zu holen. Was sehe ich? Da steht sie an der Tür und redet mit einem schwarzen Kerl. Dabei hatte ich ihr streng verboten, je mit einem Schwarzen zu sprechen. Ich frage also, was das heißen solle? Darauf sagt sie ganz dreist und ruhig: Es sei ein Fremder, der vorbei gekommen wäre und sie um einen Trunk Wasser gebeten hätte. Ich sage ihm, er solle sich scheren, und denke mir nichts weiter dabei, und werde auch nicht argwöhnisch, als ich ihn am nächsten Tage noch in der Nähe unserer Niederlassung herumlungern sehe. Den folgenden Tag kommt sie zu mir und bittet mich um eine ganze Menge Patronen. Sie hatte mich noch nie vorher um etwas gebeten. Drum fragte ich sie, was zum Teufel ein Frauenzimmer mit Patronen wollte? Da sagt sie: Das alte Negerweib, das ihr beim Wasser tragen hülfe, um den Garten zu begießen, wolle nicht mehr kommen, wenn sie nicht die Patronen für ihren Sohn kriegte, der nach Norden auf die Elephantenjagd gehen wollte. Und richtig lasse ich mich von dem Frauenzimmer beschwatzen, denn sie erwartete ein Kleines und sie sagte, sie könne das Wasser zum

Begießen nicht mehr allein tragen. Da gab ich ihr die Patronen, ich Esel, der ich war.

Um die Zeit hörte ich, dass die Company Krieg mit den Matabele führen wollte, und da bekam ich Lust als Freiwilliger einzutreten. Es hieß, dass dabei reiche Beute zu machen sei und Ländereien verteilt werden sollten und lauter solche Vorteile, und da ich meinte, es würde nur drei Monate dauern, ging ich mit. Ich ließ die beiden Weiber zurück mit allen den Vorräten im Garten und gab ihnen noch Reis und Zucker obenein, schärfte ihnen ein, dass sie dableiben sollten bis ich wiederkäme, und bat meinen Freund, auf sie aufzupassen. Die beiden Weiber waren Maschonas, und es heißt immer, dass die Maschonas die Matabeles nicht leiden könnten; aber es zeigte sich, dass sie sie immer noch lieber hatten als uns. Sie sollen ganz frech behaupten, die Matabele bedrückten sie nur manchmal und die Weißen immer. Kurz, ich ließ die beiden Weiber zurück«, fuhr Peter fort und ließ die Hand sinken. »Dabei müssen Sie bedenken, dass ich sie wirklich sehr gut behandelt hatte. Keine von ihnen hatte während der ganzen Zeit auch nur einmal einen Schlag bekommen. Alle meine Bekannten hielten sich drüber aus, dass ich sie viel zu sehr verwöhnte.

Als ich noch nicht einen Monat fort war, bekomme ich einen Brief von dem Freunde, der die Frau erst hatte – der arme Kerl ist schon tot; sie fanden ihn eines Tages vor seiner Hütte liegend mit durchschnittener Kehle – und was schreibt er mir? Kaum wäre ich sechs Stunden weggewesen, so wären meine beiden Weiber durchgebrannt. Die große hatte alles eingefädelt. Und dazu hatte sie alles mitgenommen, was sie an Kugeln und Patronen finden konnte, mein altes Martini-Henry-Gewehr und selbst den Deckel von dem Teekasten, um daraus Kugeln für die elenden Vorderlader zu gießen, die sie haben. Weg war sie und nahm die Junge auch mit. Meine Bekannten schrieben mir, sie hätten sonst nichts angerührt, sondern die Kleider und Schals, die ich ihnen geschenkt hatte, an die Erde geworfen und waren nackt, nur mit ihren Laken bekleidet, und die Munition auf dem Kopf tragend davon gegangen. Ein Nigger hatte meinen Bekannten erzählt, dass er sie zwanzig englische Meilen weit getroffen hätte und sie ihm gesagt, sie wollten so schnell sie könnten nach Lo-Magundis Land fliehen.

Und wissen Sie, was mir jetzt ganz klar ist«, sagte Peter, schlug, um seinen Worten Nachdruck zu geben, auf sein Knie und sah dabei zu dem Fremden hinüber. »Wissen Sie, wovon ich jetzt so fest überzeugt bin, als ich hier sitze? Der Schwarze, mit dem ich sie an jenem Tage vor der Hütte redend fand, das war ihr früherer Ehemann, der gekommen war, sie schon damals wegzuholen und als sie merkte, dass sie nicht fort konnte, da erbettelte sie die Patronen für ihn!« Er betonte jedes Wort. »Und sie ist zu ihm zurückgekehrt und hat die Munition für ihn mitgenommen!«

Peter blickte über die Glut hinweg nach dem Fremden, um zu sehen, welchen Eindruck die Geschichte auf ihn mache.

»Hätte ich auch nur die leiseste Ahnung gehabt, wer der blutdürstige Neger war, der an meiner Schwelle stand, so würde ich ihm wahrlich eine einzige Kugel in den Kopf geschossen haben, an der er für immer genug gehabt hätte!« Peter sah den Fremden mit triumphierender Miene an. Es war seine einzige Geschichte und er hatte sie schon zwanzigmal am Lagerfeuer erzählt, sobald irgendeiner da war, der sie noch nicht kannte. Wenn er an diese Stelle gekommen war, hatte sich stets teilnehmendes und zustimmendes Gemurmel vernehmen lassen. Heute blieb alles still. Die großen dunklen Augen des Fremdlings blickten ins Feuer, es schien beinah, als habe er nichts gehört.

»Ich hätte mir nicht so viel daraus gemacht«, fuhr Peter nach einer Pause fort, »obgleich es keinem angenehm ist, wenn ihm seine Frau weggenommen wird – aber sie erwartete in ein paar Monaten ein Kleines und die jüngere auch. Die Kinder sind gewiss nicht lebendig zur Welt gekommen; denn diese schwarzen Weiber haben gar kein Herz und sie machen sich kein Gewissen daraus, wenn's sich um das Kind eines Weißen handelt. Nein, Herz haben sie nicht; sie kehren lieber zu dem Schwarzen zurück, wenn man sie auch noch so gut behandelt hat. Es glückt allenfalls, wenn man sie nimmt, so lange sie noch ganz jung sind, und sie von ihrem eigenen Volk fern hält; aber wenn solch schwarzes Weib schon einen Nigger zum Mann gehabt und ein paar schwarze Bälger hat, dann ist sie nicht zu halten; dann läuft sie zu ihm zurück. Wenn ich mal niedergeschossen werde, geschieht es wahrscheinlich mit meiner eigenen Flinte und mit meinen eigenen Patronen. Und sie würde dabei stehen, ruhig zusehen, sie noch gar dazu aufhetzen, und dabei hat sie doch die ganze Zeit bei mir auch nicht einen Schlag gekriegt. Aber das sage ich Ihnen, wenn mir der schwarze Kerl wieder vor die Augen kommt, da soll er's büßen. Dann sind seine Tage gezählt, verlassen Sie sich darauf!«

Peter hielt inne. Ihn däuchte, dass die Augen unter den langen, dichten, dunklen Wimpern, wie über ihn weg in weite Ferne blickten mit einer so tiefen Trauer, als ständen Tränen darin.

»Sie sehen schrecklich müde aus«, sagte Peter. »Wollen Sie sich nicht hinlegen und schlafen? Sie können den Kopf dort auf den Stein legen und ich will Wache halten.«

»Ich bedarf des Schlafes nicht«, sagte der Fremde, »ich will mit Ihnen wachen.«

»Sie sind auch im Kriege gewesen, wie ich sehe«, sagte Peter und beugte sich etwas vor, um die Füße des Fremdlings zu betrachten. »Bei Gott, beide verletzt – und durch und durch. Da müssen Sie viel ausgestanden haben.« »Es war vor langer, langer Zeit«, lautete die Antwort.

Peter warf mehr Holz auf das Feuer. »Wissen Sie,« begann er, »seit Sie hier sind, habe ich mich immerzu gefragt, an wen

Sie mich erinnerten? Nun ist's mir klar: an meine Mutter. Nicht, dass Sie ihr im Gesicht gleichen, aber wenn Ihre Augen mich so anblicken, ist es mir, als sähe sie mich an. Merkwürdig, nicht wahr? Ich habe Sie mein Lebtag nicht gesehen, Sie haben die ganze Zeit kaum ein Wort geredet und mir ist zu Mut, als hätte ich Sie mein ganzes Leben lang gekannt.« Peter rückte etwas näher an ihn heran. »Erst habe ich mich arg gefürchtet, als ich Sie herankommen hörte, selbst als ich Sie zuerst sah; denn Sie sind nicht so gekleidet wie Unsereiner. Aber als ich bei dem Feuerschein in Ihr Gesicht sehen konnte, da sagte ich mir gleich: ›Alles in Ordnung.‹

Merkwürdig, nicht wahr? Wie gesagt, ich habe Sie nie gesehen und doch, wenn Sie die Flinte nehmen und auf mich zielen wollten, würde ich mich nicht rühren. Ich würde meinen Kopf hier zu Ihren Füßen an die Erde legen und ruhig einschlafen; das ist doch sehr merkwürdig, da ich Sie gar nicht kenne? Mein Name ist Peter Halket. Wie heißen Sie denn?«

Der Fremde schürte im Feuer; die Flammen lohten so hoch aus, dass er dahinter vor Peters Blicken entschwand. »Wie schön es brennt, wenn Sie es anfachen!«, sagte Peter.

Dann saßen sie schweigend eine Weile da.

»Sind Sie gestern Schwarzen begegnet?«, fragte Peter. »Ich habe hier in der Gegend keine mehr angetroffen.«

Der Fremde richtete sich auf. »Dort drüben in einer Höhle ist ein altes Weib, und zehn englische Meilen von hier im Busch hält sich ein Mann auf. Er hat sich seit sechs Wochen dort verborgen, seit Ihr seinen Kraal zerstört habt, und hat von Wurzeln und Kräutern gelebt. Man ließ ihn für tot liegen, denn er hatte eine Wunde an der Hüfte. Jetzt wartet er, bis Ihr alle aus dieser Gegend abgezogen sein werdet, um seinem Volke zu folgen. Er kann noch nicht schnell gehen. Dazu ist sein Bein noch nicht kräftig genug.«

»Haben Sie mit ihm geredet?«, fragte Peter.

»Ich brachte ihn an das Wasser, wo eine große Lache war. Das Ufer war zu hoch; er konnte allein nicht herabsteigen.«

»Gut für Sie, dass unsere Leute Sie nicht dabei abgefasst haben. Unser Hauptmann ist ein richtiger Eisenfresser, der hätte Sie unbesehens erschießen lassen, wenn er Sie dabei ertappt hätte, dass Sie sich mit einem verwundeten Nigger lächerlich machten. Ein Glück für Sie, dass Sie ihm nicht in den Weg gekommen sind.« »Die jungen Raben erhalten ihre Speise«, sagte der Fremde aufblickend, »und die Löwen gehen herab zu den Bächen, um zu trinken.«

»Freilich, freilich!«, meinte Peter, »aber doch nur, weil wir's nicht hindern können.«

Dann schwiegen sie abermals eine Weile. Da der Fremde nicht geneigt schien zu reden, fühlte sich Peter verpflichtet, die Unterhaltung fortzusetzen.

»Haben Sie von dem Spaß gehört, den sich unsere Leute dort in Buluwayo gemacht haben, wo sie die drei Schwarzen als Spione hängten? Ich bin selbst nicht dort gewesen, aber einer, der dabei war, hat mir's erzählt. Sie haben nämlich die Schwarzen gezwungen, von dem Baum herunter zu springen und sich so selbst zu henken. Einer von den Kerls wollte nicht springen, bis sie ihm eine Ladung mit grobem Schrot in den Rücken gaben, und auch dann noch klammerte er sich mit den Händen an einen Zweig und sie mussten erst nach denen schießen, bis er losließ. Er wollte sich durchaus nicht hängen lassen. Ob's so gewesen ist, weiß ich nicht, denn ich war, wie gesagt, nicht dabei; aber ein Augenzeuge hat mir's so erzählt. Und ein anderer Mann, der damals in Buluwayo, aber nicht bei der Hinrichtung zugegen war, sagte, sie hätten auf die Schwarzen geschossen, gleich nachdem diese den Sprung getan hätten, um sie schnell zu töten. Ich –« »Ich war dort«, sagte der Fremde.

»Wirklich!«, sagte Peter. »Ich habe eine Momentphotographie von den hängenden Negern gesehen und wie unsere

Soldaten dabeistanden und rauchten; aber ich habe Sie nicht darunter bemerkt. Sie mögen in dem Augenblick fortgegangen sein.«

»Ich stand neben den Gerichteten«, versetzte der Fremde.

»So so!«, entgegnete Peter. »Ich für mein Teil sehe dergleichen nicht gern. Einigen unsrer Leute macht es Spaß, die Niggers strampeln zu sehen; aber mir ist's zuwider, mir wird förmlich übel dabei. Sie brauchen nicht zu denken, dass es Schlappheit ist«, setzte er eilig hinzu, damit der Fremde nur ja nicht an seinem Mut zweifeln möchte, »wenn's sich um Schießen oder Fechten handelt, bin ich dabei. Ich habe so viel Schwarze niedergeknallt als irgendeiner bei unserer Truppe, darauf möchte ich wetten. Aber bei dem Prügeln und Hängen drücke ich mich. Sehen Sie, das kommt ganz darauf an, wie man's von klein her gewöhnt worden ist. Meine Mutter konnte es nicht mal übers Herz bringen, ihre Enten zu schlachten; sie ließ sie lieber vor Alterschwäche sterben und begnügte sich mit den Federn und den Eiern. Und dann predigte sie mir immer vor: Schlage niemals einen kleineren Jungen oder einen, der schwächer ist als Du, oder einen, der sich nicht gegen Dich wehren kann. Wenn einem so was immerzu vorgedröhnt wird, dann hängt's einem auch im späteren Leben an und man wird's nie wieder los. Sehen Sie, da war auch ein Nigger, der erschossen werden sollte. Sie erzählten, der hätte so still gesessen, als ob er aus Stein gehauen wäre, die Arme um die Beine geschlungen, und einige von unsern Leuten haben ihn auf den Kopf und in das Gesicht geschlagen, ehe sie ihn fortschleppten, um ihn zu erschießen. Nein, so was kann ich nicht mit tun; dabei wird mir ganz schlecht hier herum«, und er deutete auf seinen Magen. »Niederschießen will ich so viele, wie Sie verlangen, wenn sie weglaufen, aber angebunden dürfen sie nicht sein.«

»Ich war dort, als der Mann erschossen wurde«, sagte der Fremde.

»Nun, Sie scheinen überall dabei zu sein«, meinte Peter. »Haben Sie auch schon Cecil Rhodes mal gesehen?«

»Ja, ich habe ihn gesehen.«

»Nun, der hat die Nigger auf dem Strich«, fuhr Peter fort und wärmte seine Hände über der Glut. »Es heißt, als er Premierminister unten im Kaplande war, habe er ein Gesetz erlassen wollen, welche es den Herren und Herrinnen gestattete, ihre schwarzen Dienstboten zu prügeln, wenn sie etwas versehen hätten. Aber die übrigen Engländer gaben es nicht zu. Hier aber kann er tun, ganz wie ihm beliebt. Deshalb möchten so viele nicht, dass er von hier abberufen würde. Sie sagen: Wenn erst die britische Regierung auch hier was zu sagen hat, dann gibt sie den Schwarzen Land, das sie bebauen und davon leben könnten; sie würde sie erziehen und bilden und ihnen wohl gar das Stimmrecht verleihen und lauter solchen Unsinn; aber Cecil Rhodes, der hält sie unter der Fuchtel. ›Das Land gilt mir mehr als die Nigger‹, sagt er. Es heißt, er will sie anstellen, damit sie unsere Ländereien bebauen, mögen sie wollen oder nicht. Sehen Sie, das ist denn ebenso gut, als wenn sie unsre Sklaven wären und noch besser; denn man brauchte sie nicht einmal durchzufüttern, wenn sie alt werden. In dem Punkt bin ich ganz für Rhodes; das ist ein riesiger kluger Einfall von ihm. Wir kommen doch nicht hierher, um zu arbeiten; das mag alles in England noch hingehen; nein, wir kommen her, um Geld zu verdienen, und wie soll man reich werden, wenn man nicht Niggers für sich arbeiten lässt oder eine Aktiengesellschaft gründet? Ja, Rhodes hat die Niggers auf dem Strich. – Und dann sagen die Leute: Wenn hier die britische Regierung was zu sagen hätte und man prügelte mal einen Schwarzen so, dass er dabei kaputt ginge – da würde gleich eine Untersuchung angestellt und viel Aufhebens davon gemacht. Aber so lange Cecil Rhodes befiehlt, kann man mit den Niggers machen, was man will, wenn er nur nicht selbst dabei in Ungelegenheiten kommt.«

Der Fremde blickte in die reine Flamme, die hoch in die stille Nachtluft lohte, dann zuckte er plötzlich zusammen.

»Was gibt's?«, fragte Peter. »Hören Sie etwas?«

»Ich höre aus weiter Ferne den Ton des Weinens und den Klang von Schlägen und ich höre die Stimmen von Männern und Frauen, die nach mir rufen.« Peter horchte gespannt auf. »Ich höre gar nichts«, erklärte er nach einer Weile. »Sie haben wohl Ohrensausen. Ich hab's manchmal auch.« Wieder lauschte er scharf hin. »Nein, es ist nichts. Es ist alles totenstill.«

Eine Weile saßen sie schweigend da.

»Peter Simon Halket«, begann der Fremde plötzlich. Peter fuhr zusammen, denn er hatte ihm doch nicht seinen zweiten Namen genannt. »Wenn es geschehen sollte, dass Sie diese Ländereien erhielten, die Sie begehren und schwarze Menschen, um sie zu bearbeiten, so dass Sie großen Reichtum erlangten, oder dass Sie jene Aktiengesellschaft gründeten!« – Peter zuckte erstaunt zusammen – »Und die törichten Menschen die Papiere kauften, und Sie sich Schlösser bauten, und die Vornehmen und Fürsten dieser Erde Ihnen schmeichelten und sich mit Gold von Ihnen bestechen ließen – was würde Ihnen das nützen?«

»Was mir das nützen würde?«, fragte Peter verwundert. »Nun, das würde mir in jeder Weise nützen. Wodurch sind denn Beit und Rhodes und Barnato so groß geworden? Wenn man acht Millionen besitzt –«

»Peter Simon Halket, welche von den Seelen, die Sie auf der Erde kennen gelernt haben, erscheint Ihnen als die größte – welche Seele als die schönste?«

»O«, entgegnete Peter, »wir reden ja gar nicht von den Seelen; wir reden von Geld. Ja, wenn's auf die Seele ankommt, da ist meine Mutter freilich der beste Mensch, der mir vorgekommen ist. Aber was hilft ihr das? Sie muss stehen und die Wäsche für dumme und hochnäsige reiche Damen waschen. Warten Sie nur, bis ich Geld habe! Dann stelle ich auch etwas vor und –«

»Peter Halket«, fragte der Fremdling, »wer ist größer, der, welcher dient, oder der, welcher sich dienen lässt?« Peter blickte den Fremden an und plötzlich fuhr es ihm durch den Sinn: Der Mann sei verrückt.

»Ja, wenn Sie so fragen«, meinte er, »dann lässt sich alles behaupten. Sie könnten ebenso gut sagen, dass Sie, der da in dem alten leinenen Kittel vor mir sitzt, so groß wären wie Rhodes oder Beit oder Barnato oder ein König. Natürlich hat das mit dem Wert eines Mannes nichts zu tun, was er hat oder nicht hat; aber in den Augen der anderen Leute gilt er doch nicht soviel!«

»Es hat Könige gegeben, die im Stall geboren sind«, erwiderte der Fremde.

Peter meinte, er scherze und versetzte lachend: »Das muss lange her sein; jetzt kommt es jedenfalls nicht vor. Ja, selbst wenn der liebe Gott hierher käme und er hätte nicht wenigstens eine halbe Million in Minenwerten, würden die Leute nicht viel von ihm halten.«

Peter hatte wieder das Feuer angeschürt, als er plötzlich die Augen des Fremden auf sich gerichtet fühlte.

»Wer hat Ihnen Ihr Stück Land gegeben?«, fragte er.

»Meines? Nun die Chartered Company,« versetzte Peter erstaunt.

Der Fremde blickte ins Feuer und fragte mit sanfter Stimme: »Und wer gab dieser das Land?«

»Wer denn sonst als England? England hat der Company das Land bis weit über den Zambesi hinaus gegeben, um damit nach Belieben zu schalten, soviel Geld als möglich daraus zu gewinnen, und es hat versprochen, der Company Vorschub zu leisten.«

»Und wer hatte den Engländern das Land gegeben?«, fragte der Fremde in demselben milden Ton weiter. »Nun, zum Kuckuck, sie sagten, es gehöre ihnen und damit war es abgemacht.«

»Und die Bewohner des Landes? Hat England die Bewohner mit verschenkt?«

Peter sah den Fremden erst etwas unsicher an. »Natürlich hat England uns die Bewohner mit geschenkt; was sollte uns das Land sonst nützen?«

»Wer hat England das Volk gegeben, das lebende Fleisch und Blut, um es den Händen anderer zu überantworten?«, fragte der Fremde und richtete sich auf.

Peter sah ihn an und fühlte sich fast wie von Furcht befangen. »Was sollte England denn mit einem Haufen von elenden Schwarzen tun, wenn es sie uns nicht überantwortete? Außerdem sind es ja nichtsnutzige Rebellen.«

»Was ist ein Rebell?«, fragte der Fremde.

»O, du meine Zeit, wo haben Sie denn gelebt, dass Sie nicht wissen, was ein Rebell ist. Ein Rebell ist ein Mann, der gegen seinen König und sein Land kämpft. Diese blutdürstigen Nigger sind Rebellen, weil sie gegen uns kämpfen. Sie wollen nicht, dass die Chartered Company über sie herrscht. Aber sie müssen sich unterwerfen. Wir wollen ihnen eine Lehre geben.« Peter Halkets Kampfbegier erwachte, er war aufgesprungen, als wollte er einen Gegner mit einem kunstgerechten Faustschlag zu Boden strecken. Dann setzte er sich wieder fest auf die Erde. Von diesem Boden Südafrikas hatte er vor zwei Jahren kaum gehört, ihn vor achtzehn Monaten erst betreten, jetzt tat er so, als ob er hier geboren und groß geworden sei.

Der Fremde sagte nachdenklich: »Ich kenne ein Land, das weit von hier liegt. Dort leben Menschen ganz verschiedener Art neben einander. Vor tausend Jahren hat das eine Volk das andere besiegt, und sie haben seitdem nebeneinander gelebt. Jetzt sucht das eine Volk seine früheren Besieger zu vertreiben. Sind diese Leute ebenfalls Rebellen?«

Peter, der sich geschmeichelt fühlte, dass er um seine Meinung gefragt wurde, versetzte: »Nun, das kommt ganz darauf an, wer diese Leute sind?«

»Das eine Volk nennt man Türken, das andere Armenier«, versetzte der Fremde.

»O, die Armenier sind keine Rebellen, die sind auf unserer Seite!«, entschied Peter. »Die Zeitungen sind ja voll davon.« Es war ihm sehr lieb, seine Kenntnisse zu zeigen. »Diese nichtswürdigen Türken. Sie hatten gar kein Recht, die Armenier zu unterwerfen Wer hat ihnen gestattet Armenien fort zu nehmen? Ich möchte selbst gegen die Türken losgehen.«

»Warum sind die Armenier nicht Rebellen?«, fragte der Fremde sanft.

»Was Sie für sonderbare Fragen stellen? Wenn sie die Türken nicht als Herren haben mögen, warum sollen sie sich ihr Regiment gefallen lassen? Wenn zum Beispiel die Franzosen kämen und uns besiegten und wir ergriffen die erste günstige Gelegenheit, sie zu vertreiben, würden Sie uns doch nicht Rebellen nennen? Warum sollten die Armenier nicht versuchen die blutdürstigen Türken zu verjagen? Außerdem«, dabei beugte er sich vor und sagte mit bedeutsamem Lächeln, als vertraue er jenem ein wichtiges Geheimnis an, »sehen Sie, wenn wir nicht den Armeniern beistehen, würden es die Russen tun, und das müssen wir verhüten«, dann setzte er mit schlauer Miene hinzu, »sonst nehmen sich die Russen das Land, und es liegt auf dem Weg nach Indien, und da dürfen sie nicht heran. – Sie erfahren wohl nicht viel von Politik in Palästina?«, setzte er mit freundlicher Herablassung gegen den Fremden hinzu.

»Wenn die Bewohner dieses afrikanischen Landes lieber frei sein oder lieber unter der britischen Regierung als unter der Chartered Company stehen möchten, wenn sie sich gegen letztere auflehnen, warum sind sie schlimmere Rebellen als die Armenier, welche sich gegen die Türken erheben? Ist die Chartered Company unser Herrgott, dass sich alles vor ihr beugen muss? Würdet Ihr, die weißen Männer Englands, diese Herrschaft auch nur einen Tag ertragen?«

»Wir täten es freilich nicht«, erklärte Peter, »aber wir sind auch Weiße und das sind die Armenier ebenfalls, beinah wenigstens –« Mit einem schnellen Blick das gebräunte Antlitz des Fremden streifend fügte er eilig hinzu: »Und dann kommt es ja überhaupt nicht auf die Farbe an, wissen Sie. Ich habe die dunkeln Gesichter sehr gern; die Augen meiner Mutter sind auch braun – und die Armenier haben langes schlichtes Haar wie wir.«

»Also kommt es auf das Haar an?«, fragte der Fremde in demselben gelassenen Ton.

»Nun, natürlich nicht allein. Aber es ist ganz etwas anderes, wenn die Armenier die Türken los werden wollen, als wenn dies elende schwarze Gesindel sich gegen die Chartered Company auflehnt. Außerdem sind die Armenier Christen wie wir!«

»Seid Ihr Christen?« Es zog wie eine düstere Gewitterwolke über das Antlitz des Fremden; er stand auf.

»Nun natürlich sind wir Christen«, behauptete Peter. »Wir sind alle Christen, wir Engländer. Sie können wohl die Christen nicht leiden? Ich weiß, dass dies bei den Juden vorkommen soll«, sagte Peter und sah ihn begütigend an.

»Ich liebe weder einen Menschen noch hasse ich ihn um des Bekenntnisses willen, nach dem er genannt wird; am Namen ist nichts gelegen.«

Der Fremde setzte sich wieder und faltete die Hände. »Ist die Chartered Company auch christlich?«, fragte er.

»Ja, o ja!«, erklärte Peter.

»Was ist ein Christ?«, fragte der Fremde.

»Nein, was Sie auch alles fragen? Solche wunderlichen Dinge. Ein Christ ist ein Mensch, der an Himmel und Hölle glaubt, an Gott und die Bibel und an Jesus Christus, dass

Jesus ihn erretten kann, nicht in die Hölle zu kommen; und wenn er glaubt, dass er erlöst werden kann, wird er erlöst.«

»Aber in dieser Welt, was ist da ein Christ?«

»Nun!«, versetzte Peter »ich bin ein Christ – wir sind alle Christen.«

Der Fremde sah in das Feuer und Peter wünschte den Gegenstand des Gesprächs zu ändern: »Zu merkwürdig, wie Sie meiner Mutter gleichen; ich meine in Ihrer Art. Sie hat auch so häufig zu mir gesagt: ›Peter, jage nicht dem Gelde nach. Zu großer Reichtum ist so schlimm wie zu große Armut.‹ Sie haben wirklich viel Ähnlichkeit mit ihr.«

Wieder schwieg er eine Weile, dann beugte er sich ein wenig zu dem Fremden hin: »Weshalb sind Sie denn hierher gekommen, wenn nicht um des Geldes wegen? Niemand kommt her um einer anderen Ursache willen. Halten Sie es mit den Portugiesen?«

»Mir ist nicht ein Volk näher als das andere«, entgegnete der Fremde. »Der Franzose ist mir nicht teurer als der Engländer, und dieser gilt mir nicht mehr als der Kaffer oder der Chinese. Ich höre alle Wehklagen: die des schwarzen Säuglings, der neben seiner toten Mutter am Wege liegt und nach ihrer Brust verlangt, wie das Weinen des reichen Kindes, das in einem Palast lebt und Schmerzen leidet.«

Peter sah ihn betroffen an. »Wer sind Sie denn? Und was wollen Sie hier?«

»Ich gehöre zu der mächtigsten Genossenschaft der Erde.«

»So!«, sagte Peter und sein Erstaunen minderte sich. »Also doch zu einer Gesellschaft. In was spekulieren Sie – Diamanten? Gold? Oder Grundbesitz?«

»Wir sind der größte Bund auf der Erde und unsere Zahl nimmt immer zu. Zu uns gehören Menschen von allen Rassen und aus allen Ländern: Eskimo, Chinesen, Türken wie Engländer – auch von allen Religionen Buddhisten, Mohamedaner, Confuzianer, Freidenker und Atheisten, Christen und Juden. Es kommt uns nicht darauf an, mit welchem Namen er benannt wird, wenn er nur Einer der Unsern ist.«

»Da muss es schwer sein, sich mit einander zu verständigen, wenn Sie so verschiedenen Völkern angehören!«, meinte Peter.

»Es gibt ein Zeichen, an dem wir einander erkennen und an dem auch die Welt uns erkennen kann.«[3]

»Was für ein Zeichen?«, fragte Peter.

Doch der Fremde schwieg.

»O, wohl irgendein Freimaurerzeichen!«, meinte Peter und fuhr dann, den Fremden von unten her anblickend fort: »Sind noch mehr von Ihren Leuten hier im Lande?«

»Ja«, sagte der Fremde und deutete mit der Hand in das Dunkel. »Dort in einer Höhle waren zwei Frauen. Als Sie die Höhle sprengten, blieben sie hinter einem herabgestürzten Felsblock unversehrt. Als Ihre Leute alles Getreide verbrannten, das sie nicht fortschaffen konnten, entging ein gefüllter Korb ihren Augen. Die Frauen blieben dort; denn eine war achtzig, die andere erwartete ihre Niederkunft, und sie wagten nicht, ihrem Stamme zu folgen, da Ihr Euch noch unten in der Ebene aufhieltet. An jedem Tage nahm die Greisin etwas Korn aus dem Korbe und nachts kochten sie es in der Höhle; denn dann konntet Ihr den Rauch nicht sehen. Jeden Tag gab die Alte der Jungen zwei Hände voll und nahm nur eine Handvoll für sich. ›Um des Kindes willen‹, sagte sie. Als das Kind geboren und die junge Frau wieder gesund war, nahm die Alte ein Tuch, tat alles von Korn darein, was noch im Korbe war, legte das Bündel der Jungen auf den Kopf, band ihr das Kind auf den Rücken und sagte: ›Jetzt geh in der Richtung nach Mitternacht und halte Dich am Ufer des Flusses,

---

3 „Dabei wird Jedermann erkennen, dass ihr meine Jünger seid, so Ihr Liebe untereinander habt." Ev. Joh. 13,35

bis Du in das Land kommst, wohin unser Volk gezogen ist; sie werden dann nach mir schicken und mich holen lassen.‹

Die Junge fragte: ›Hast Du auch Korn behalten, um so lange warten zu können?‹ Da entgegnete die Alte: ›Ich habe genug.‹ Sie setzte sich vor die gesprengte Tür des Kellers und sah, wie die Junge den Hügel herunter und längs des Ufers ging, bis sie im Busch verschwand. Sie blickte über die Ebene und sah unten die Stelle, wo ihr Kraal gestanden und sie als junges Mädchen Mais gepflanzt hatte –«

»Eine Frau mit einem Bündel Korn auf dem Kopf und einem Kinde auf dem Rücken ist in meine Hände gefallen!«, murmelte Peter mit erstickter Stimme.

»Heute habe ich die Alte wieder an der Tür des Kellers sitzen sehen, und als die Sonne unterging, wurde sie kalt und schlich hin und legte sich neben den leeren Korb – sie wird noch vor Sonnenaufgang sterben. Ich habe sie von klein auf gekannt, als sie vor den Hütten spielte und ihre Mutter im Maisfelde arbeitete. Sie war eine der Unseren.« »O!«, sagte Peter kleinlaut.

»Wir haben noch andere hier gehabt. Da war ein Grubenbesitzer, ein roher Mann, der das Trinken und Fluchen nicht ließ; aber er hatte viele Leute in seinem Dienst, und sie wussten, dass er sich ihrer erbarmte, wenn sie in Not waren. Wenn sie krank waren, pflegte er sie mit eigener Hand, und wenn sie Mangel litten, half er ihnen. Dann fing der Krieg an, und die Herzen der Schwarzen erbitterten sich gegen die Weißen, weil einige von ihnen sie belogen und ihre Abgesandten getötet hatten, welche den Schutz Englands erbitten sollten. Die Schwarzen, welche die Weißen bekämpften, kamen auch vor die Hütte des Grubenbesitzers. Er schoss auf sie aus einem Loch, das er in seine Tür geschnitten hatte, und sie feuerten auf ihn aus einer alten Elephantenbüchse; die Kugel drang in seine Seite und er sank an die Erde, denn der Unschuldige muss oft für den Schuldigen leiden, und der Barmherzige unterliegt, während der Bedrücker im Überfluss lebt. Da nahm der schwarze Diener, der bei dem Grubenbesitzer war, schnell seinen Herrn in die Arme, floh mit ihm hinten aus der Hütte, herunter nach dem Flussbett, das mit Wasser gefüllt war und wo niemand seine Fußspur verfolgen konnte, und verbarg ihn in einer Höhle am Flussufer. Als die Schwarzen die Hütte erstürmten, fanden sie weder den Weißen noch die Spur. Doch als abends der Diener des Weißen sich in die Hütte zurück schlich, um Nahrung und Verbandszeug für seinen Herrn zu holen, wurde er von den Angreifern gefangen. Und sie sagten zu ihm: >O, Du Verräter Deines Volks, Du Hund eines Weißen, der Du Dich auf die Seite derer stellst, die vor unsern Augen uns unser Land und unsere Weiber, Töchter rauben, bekenne, wo Du ihn verborgen hast?< Als er ihn nicht verraten wollte, töteten sie ihn vor der Tür der Hütte. Und in der Nacht kroch der weiße Mann auf Händen und Füßen bis an die Tür seiner Hütte, denn ihn hungerte. Alle Angreifer waren fort und sein Diener lag tot vor der Tür. Da wusste der Weiße, wie es gekommen sei. Er vermochte nicht, sich weiter zu schleppen und legte sich auch vor die Tür, und bald lag der tote Weiße neben dem toten Schwarzen. Beide gehörten zu meinen Freunden.«

»Es war eine riesige Courage von dem Nigger«, stimmte Peter bei. »Aber ich habe auch schon Beispiele gehört, dass sie sowas tun sollen. Selbst ein Mädchen hat sich lieber umbringen lassen, als den Versteck ihrer Herrin zu verraten. Aber«, setzte er etwas zögernd hinzu, »zu Ihrer Gesellschaft scheinen nur Schwarze zu gehören oder solche, die zu Schaden kommen.«

»Es sind Leute aus allen Völkern darunter«, versetzte der Fremde. »In einer Stadt des Kaplandes lebt einer der Unseren, ein schmächtiger kleiner Mann, dessen Stimme nicht weit reichte. Eines Sonntags hatte sich seine Gemeinde, Männer und Frauen, versammelt, und als er auf die Kanzel gestiegen war, um die Predigt zu halten, sagte er: >Statt zu Euch zu sprechen, will ich Euch eine Geschichte vorlesen.< Dann öffnete er ein Buch, das mehr als zweitausend Jahr alt ist und las: >Nach diesen Geschichten begab sich's, dass Naboth, ein Jesraeliter, einen Weinberg hatte zu Jesreel, bei dem Palast Ahabs, des Königs zu Samaria. Und Ahab redete mit Naboth und sprach: >Gib mir Deinen Weinberg, ich will mir einen Kohlgarten daraus machen, weil er so nahe an meinem Hause liegt. Ich will Dir einen besseren Weinberg dafür geben oder, so Dir's gefällt, will ich Dir Silber dafür geben, soviel er gilt.<

Aber Naboth sprach zu Ahab: >Das lasse der Herr ferne von mir sein, dass ich Dir meiner Väter Erbe sollte geben.<

Da kam Ahab heim Unmuts und zornig um des Wortes willen, das Naboth, der Jesraeliter, zu ihm heute gesagt und gesprochen hatte: >Ich will Dir meiner Väter Erbe nicht geben.<<

Der Prediger las die ganze Geschichte bis an ihr Ende, dann schloss er das Buch und sagte: >Meine Freunde, Naboth hat einen Weinberg in diesem Lande und darin ist viel Gold, und Ahab trägt danach Verlangen, um sich dieses Reichtums zu bemächtigen.<

Dann legte der Pfarrer das alte Buch beiseite und nahm ein anderes, das erst von gestern war. Da flüsterten die Männer und Frauen mit einander, obwohl sie sich in der Kirche befanden: >Ist das nicht der Bericht des Blaubuchs von dem erwählten Ausschuss des Kap-Parlaments über den Einfall von Jameson?<

Der Geistliche fuhr fort: >Freunde, die erste Geschichte, die ich Euch vorgelesen habe, ist eine der ältesten, die es gibt, und die, welche ich Euch jetzt vorlesen will, ist von den allerneuesten. Doch eine Wahrheit ist darum nicht mehr wahr, weil sie dreitausend Jahr alt ist, oder weniger wahr, weil sie erst von gestern ist. Alle Bücher, welche Licht über die Wahrheit verbreiten, sind Bücher Gottes, darum will ich Euch auch aus diesen Seiten vorlesen. Wie sollte uns die Geschichte von Ahab, dem Könige von Samaria zum Nutzen gereichen, wenn wir nichts wüssten von den Ahabs unserer Zeit und von den Naboths in unserem Lande, die gesteinigt werden, während wir ruhig dabei sitzen?<

Dann las er ihnen Stellen aus dem Parlamentsbericht vor; aber einige reiche Männer und Frauen standen auf und entfernten sich, noch während er redete, und seine eigene Frau ging auch fort.

Als der Gottesdienst aus war und der Prediger nach Hause kam, trat ihm seine Frau weinend entgegen und sagte: >Hast Du nicht gesehen, dass einige unserer wohlhabendsten und einflussreichsten Gemeindemitglieder heute die Kirche verlassen haben? Warum hast Du so gepredigt, da uns jetzt endlich ein Flügel an unser Haus gebaut werden sollte, und Du auch auf eine Gehaltserhöhung hofftest? Du hast ja nicht einen einzigen Boeren in Deiner Gemeinde. Was geht Dich die ganze Geschichte an? Was brauchst Du zu sagen, dass der Überfall der Chartered Company auf Johannesburg ein Unrecht sei?<

>Liebe Frau, antwortete er, >wenn ich glaube, dass gewisse Männer, die wir hoch erhoben und denen wir Macht verliehen, ein feiges Unrecht begangen haben, warum soll ich es nicht sagen?<

>Hast Du nicht erlebt, was die Folgen sind? Denke daran wie vor kurzem, als Rhodes noch den Boeren unterwürfig schmeichelte – damit sie nicht argwöhnisch würden, während er seine Vorbereitungen traf – da hast Du sowohl Rhodes als den Afrikanerbund[4] angegriffen, weil sie das Gesetz über die Prügelstrafe der Neger durchdrücken wollten – und

---

4 Der Afrikanerbund ist die organisierte holländische politische Partei, durch die Rhodes Einfluss übte und von der er unterstützt wurde.

hast damit fünfzig Pfund Sterling für den Kirchenbau verscherzt.‹

›Liebe Frau, können wir Gott nicht ebenso gut anbeten unter dem Himmelsdom, den er geschaffen hat, als in goldenen Häusern? Soll ein Mensch schweigen, wenn er Gewalttat sieht, um Geld für ein Gotteshaus zu erlangen? Wenn ich den Schwarzen verteidigt habe, als ich glaubte, dass ihm Unrecht geschähe, soll ich da den Weißen nicht verteidigen, meinen leiblichen Bruder? Sollen wir nur reden, wenn dem einen Unrecht geschieht und uns des anderen nicht annehmen?‹

›Ja, aber Du hast doch an Deine Familie und an Dich selbst zu denken. Warum stellst Du Dich immer in Gegensatz zu den Leuten, die etwas für uns tun könnten? Wenn Du so kampflustig bist, warum greifst Du nicht die Juden an, weil sie unsern Herrn Christus gekreuzigt haben, oder Herodes oder Pontius Pilatus? Warum lässt Du nicht die Leute in Ruhe, die jetzt die Macht in Händen haben und die Dich mit ihrem Gelde erdrücken können?‹

›Jene Juden, sowie Herodes und Pilatus sind lange tot, liebe Frau. Predigte ich über sie, was könnte es ihnen frommen? Wen schützte ich vor ihnen? Die Vergangenheit ist tot; sie lebt nur für uns, um daraus zu lernen. Die Gegenwart, allein die Gegenwart, ist uns gegeben.

Um darin zu arbeiten und die Zukunft zu gestalten.

Ist alles Gold von Johannesburg oder sind alle Diamanten in Kimberley wert, dass darum ein Christenmensch von der Hand seiner Mitbrüder erschlagen wird, oder auch nur einer unsrer heidnischen Brüder stirbt?‹

›Das ist ja alles ganz gut und schön‹, versetzte sie. ›Aber warum musst Du die Sache aufnehmen. Ja, wenn Du ein großer Redner wärest und hunderte von Männern an Dich fesseltest, so dass Du eine große Partei bilden und Dich an ihre Spitze setzen könntest, dann würde ich nichts dagegen einwenden. Aber Du bist ein kleiner Mann; Deine Stimme ist schwach; wer wird Dir folgen? Du wirst völlig allein stehen, weiter wirst Du nichts davon haben.<

>O Frau, habe ich nicht gewartet, geharrt und gehofft, dass einer von denen im Lande, die edler und mächtiger als ich sind, ihre Stimme erheben und reden würden? – Doch es herrscht Totenstille. Nur hier und dort hat einer oder der andere laut zu reden gewagt, die anderen flüsterten nur ganz verstohlen. >Mein Sohn hat ein Amt, das er verlieren würde, wenn ich laut protestieren wollte<, >Man hat mir Ländereien versprochen<, sagt der andere. >Ich verkehre mit diesen Leuten und würde meine gesellschaftliche Stellung einbüßen, wenn ich meine Stimme erheben wollte.< O liebe Frau, unser Land, unser schönes Land, von dem ich hoffte, dass es frei und stark unter den Völkern der Erde dastehen werde, ist verfault und durchlöchert durch die Tyrannei des Goldes. Wir, die gehofft hatten, die erste Stelle in der angelsächsischen Schwesternschaft einzunehmen, um der Gerechtigkeit und Freiheit willen, sind nicht einmal wert, am letzten Platz zu stehen. Weiß ich zu meinem Schmerz nicht selbst, wie schwach meine Stimme ist und dass alles, was ich zu tun vermag, nichts bewirken wird; doch soll ich darum schweigen? Soll das Glühwürmchen sich weigern, seinen schwachen Schein zu verbreiten, weil es kein Stern am Firmament ist; soll der kleine trockene Zweig sich weigern, zu brennen, und die erstarrten Hände eines einzelnen zu wärmen, weil er kein weithin strahlendes Leuchtfeuer ist? Auch ich vernehme eine flüsternde Stimme hinter mir: >Warum willst Du Dir den Kopf an einer steinernen Mauer einrennen? Überlass diese Aufgabe den größeren und stärkeren Männern Deines Volks; sie werden es besser machen, als Du es kannst. Warum beschwerst Du Dein Herz, da das Leben so schön für Dich sein könnte?< Aber, liebe Frau, die Starken schweigen. Soll ich da nicht reden? Obwohl ich weiß, dass meine Kraft nichts vermag.< Er legte sein Haupt auf seine Hände.

>Ich verstehe Dich nicht<, versetzte sie. >Wenn ich Dir von einem Unrecht erzähle, das jemand tut, zum Beispiel, dass dieser Mann trinkt oder eine Frau leichtsinnig ist, da gibst Du mir stets zur Antwort: >Frau, was geht das uns an, wenn wir ihnen nicht helfen können.< Solch' harmlosen kleinen Klatsch tadelst Du, und dabei gehst Du zu Leuten in das Haus, mit denen ich nichts zu schaffen haben mag. Aber wenn die reichsten und mächtigsten Leute im Lande, die Dich mit ihrem Gelde erdrücken können, wie ein Knabe eine Fliege zwischen den Fingern zerquetscht, wenn sie etwas tun, das Dir nicht gefällt, dann lehnst Du Dich gegen sie auf.<

>Liebe Frau, mit den Sünden der Privatleute habe ich nichts zu schaffen, falls ich sie nicht dazu verleitet habe. Ich habe genug zu tun, meine eigenen Sünden zu verantworten. Die Sünde, die ein Mann gegen sich selbst begeht, gehört ihm allein, nicht mir; sündigt er gegen seine Mitmenschen, so hat er es zu verantworten, nicht ich. Aber die Sünden derer, die das Volk in die Höhe gehoben und über sich gesetzt hat, denen sie das Schwert und die Macht in die Hand gegeben, diese Sünden fallen auf uns zurück. Da ist keiner in einem Volk so klein, dass er sagen dürfte: >Ich habe keine Verantwortlichkeit an den Handlungen dieses Mannes.< Wir haben ihm die Waffen und die Gewalt verliehen und das Böse, das er damit verübt, ist mehr unser als sein Tun. Wenn Rhodes seinen Zweck in Südafrika erreicht und es soweit käme, dass vom Zambesi bis zum Meere der Weiße über den Weißen her fällt, wenn das Herz jedes Mannes mit Groll gegen seinen Bruder erfüllt ist und das Land mit Blut wie mit Regen getränkt wird, wie sollte ich dann den Mut haben zu beten, da ich mich gefürchtet habe zu reden? Meine nicht, dass ich mich freuen würde, diese Männer bestraft zu sehen.

Mögen sie die Millionen behalten, die sie diesem Lande abgepresst haben und in ihre Heimat zurückkehren, um dort in Reichtum, Üppigkeit und Genuss zu leben, wenn sie nur das Land verlassen, das sie gemartert und heruntergezogen haben. Mögen sie das Geld behalten; wir werden um so viel ärmer sein, aber sie können dann nicht mehr unsere Freiheit damit unterdrücken. Soll ich Sonntag auf Sonntag Gott anflehen, über diesem Lande zu walten und um die Herzen aller seiner Kinder ein Band innigster Gemeinschaft zu schlingen, wenn ich sehe, dass dieses Volk verraten wird? Wenn ich sehe, dass eine goldene Hand den Mund zuhält und die freie Rede erstickt, wenn uns von dieser goldenen Klaue die Freiheit entwendet wird, wenn die nächste Generation den Männern ausgeliefert wird, die uns das Köstlichste genommen haben – soll ich da schweigen? Der Boer und der Engländer, die in diesem Lande zusammen wohnten, haben nicht immer Milde geübt, noch der Gerechtigkeit nach getrachtet; aber der kleine Finger des Spekulanten und Monopolinhabers, die jetzt das Land aussaugen, wird schwerer auf dem Rücken seiner Kinder liegen – der schwarzen wie der weißen – als sie je von der ganzen Last der Holländer und Engländer bedrückt worden sind.<

Da sagte sie: >Ja ich weiß, dass wir uns für das Wohl derer opfern sollen, die mit uns leben; aber ich habe noch nie gehört, dass wir es für noch nicht geborene Generationen tun müssten. Was sind sie Dir? Du wirst im Grabe liegen, ehe ihre Zeit kommt. Wenn Du an Gott glaubst, warum willst Du es ihm nicht überlassen, Gutes aus all diesem Übel herbeizuführen? Kann Er es denn nicht, ohne dass Du Dich zum Märtyrer machst? Oder würde die Welt verloren gehen, wenn Du sie nicht rettest?<

>Frau, wäre meine rechte Hand im Feuer, würde ich sie nicht herausziehen? Würde ich da auch sagen: >Gott kann Gutes aus diesem Übel herbeiführen<, und sie verbrennen lassen? Das Unbekannte, das über uns thront, kennen wir doch nur durch die Kundgebungen in unserm eigenen Herzen, es kann nicht anders auf die Menschenkinder wirken als

durch den Menschen. Und verbindet mich kein Band, mit denen, die erst kommen werden? Wünsche ich für sie nicht auch das Gute und Schöne; ich, der ich bin, was ich bin, und genieße, was ich genieße, weil seit zahllosen Jahren Männer gelebt haben, die nicht für sich allein lebten und keine Mühe gescheut haben? Wäre das große Kunstwerk, das große Gedicht, die große Reform je erreicht worden, wenn die Menschen nur für sich selbst lebten und berechneten, was sie selbst dafür opfern müssten? Kein Mensch lebt sich selber und kein Mensch stirbt sich selber. Wie kannst Du mir verwehren, nicht auch für die ungeborenen Geschlechter zu leben? Flüstert nicht eine leise Stimme in meinem Inneren mir zu: >Lebe für sie wie für Deine eigenen Kinder.< Wenn im Umkreis meines eigenen kleinen Lebens alles dunkel ist und ich verzweifeln möchte, regt sich in mir die Hoffnung bei dem Gedanken, dass etwas edleres und schöneres an der Stelle aufsprießen kann, auf der ich jetzt stehe.<

>Ja, aber Du bringst alle gegen uns auf<, wendete sie ein. >Die angesehenen Damen besuchen mich nicht mehr und es kommen fast nur noch arme Leute in Deine Kirche. Geld hält zu Geld. Bestände Deine Gemeinde aus Holländern, so würdest Du immer predigen, dass man die Engländer lieben müsse und den Schwarzen Rücksicht schuldig sei. Hättest Du eine Gemeinde von Kaffern, so würdest Du von ihnen verlangen, sie sollten sich hülfreich gegen die Weißen zeigen. Du wirst nie auf der Seite derjenigen stehen, die etwas für uns tun können! Du weißt, was uns geboten wurde –<

>O Frau<, antwortete er, >was ist mir der Boer, der Russe oder der Türke? Bin ich für ihre Handlungen verantwortlich? Es ist mein eigenes Volk, das ich liebe wie meine eigene Seele, dessen Handlungen mich angehen. Ich wünschte, dass, wo unsere Flagge gehisst würde, sich die schwachen und unterdrückten Völker der Erde um sie scharen möchten und sagen: >Unter diesem Banner herrscht Freiheit und Gerechtig-

keit, die keinen Unterschied der Rasse oder Farbe kennt.< Ich wollte, unser Banner trüge in Riesenbuchstaben die Inschrift: >Gerechtigkeit und Milde<, so dass jeder Sohn eines Landes, in dem es neu entfaltet wird, unsern Wahlsprach erkennen könnte. Dann würde sich an uns die große Verheißung erfüllen: >In diesem Zeichen wirst Du siegen.< Dann würde die Piratenflagge heruntergerissen und vernichtet werden, die jetzt an Stelle jenes Banners weht! Soll ich eine Missetat gutheißen, nur weil die Verbrecher meinem Stamme angehören, da ich Hottentotten und Buschmänner deshalb verdammen würde? Dürfen Männer, die einem der mächtigsten Völker der Erde angehören, feige auf dem Bauch herankriechen und einen Nachbar ungewarnt überfallen, wenn selbst der Kaffer offen den Krieg ansagt? Ist Englands Macht so gebrochen, unsere Rasse so entnervt, dass wir nicht mehr wagen, den Krieg zu erklären, sondern den Gegner meuchlings erstechen müssen, wie ein unterworfenes Volk, dem kein anderer Ausweg geblieben? So haben die Männer Englands sonst nicht gehandelt Und weil ich selbst Engländer bin, beugt mich dies so tief. Es wäre besser, wenn zehntausend von uns tot und besiegt im Dienste einer großen Sache die Wahlstatt deckten, und meine eigenen Söhne darunter, als jene zwölf armen Jungen, die in Doornkop fielen, damit sie die Taschen derer füllten, die schon Gold im Überfluss haben.<

Da sagte sie: >Was kommt es darauf an, wie Du über diese Sache fühlst und denkst; Du als Einzelner bist doch nicht im Stande etwas auszurichten.<

>O Frau<, erwiderte er, >Du solltest an meiner Seite stehen und nicht mich herabziehen. Für mich gibt es in dieser Hinsicht nur einen einzigen Weg, den ich gehen kann.<

>Du bist sehr unfreundlich<, versetzte sie. >Es ist Dir ganz gleichgültig, was die Menschen über uns sagen.< Und sie weinte bitterlich. Dann verließ sie das Zimmer. Doch draußen trocknete sie rasch ihre Tränen; denn sie meinte, er wür-

de nie wieder eine solche Predigt halten, da er ihr noch nie etwas abgeschlagen hatte, um das sie ihn inständig gebeten.

Er aber redete mit niemand darüber, sondern ging hinaus in das ›Veldt‹. Den ganzen Nachmittag wanderte er durch die Steppe, durch den Sand und das niedrige Gestrüpp; und ich ging an seiner Seite.

Da es Abend ward, ging er wieder in seine Kapelle. Es fehlten viele seiner Gemeinde, doch die ältesten saßen auf ihren Bänken. Auch seine Frau war gekommen; aber die Lampen beleuchteten viel leere Plätze. Als es so weit war, öffnete er wieder das alte Buch der Juden und las: ›Errette die, so man töten will, und entziehe Dich nicht von denen, die man würgen will. Sprichst Du: ›Siehe, wir verstehen es nicht‹, meinest Du nicht, der die Herzen weiß, merket es? Und der auf die Seele acht hat, kennet es? Und vergilt den Menschen nach seinem Werk?‹

Dann sprach er: ›Diesen Morgen erwogen wir miteinander den Schaden, welchen dieses Land von solchen erleidet, deren einziger Zweck die Erlangung von Reichtum und Macht ist. Heute Abend wollen wir sehen, welchen Anteil wir selbst an dieser Angelegenheit haben. Ich glaube, wir werden erkennen, dass das Verdammungsurteil auf uns selbst fällt und nicht auf die Männer, die wir in hohe Stellungen gebracht haben.‹ Da stand seine Frau auf und ging hinaus, und andere folgten ihr. Die Stimme des kleinen Predigers klang hohl in dem leeren Raum; doch er redete weiter.

Als der Gottesdienst beendet war, ging er hinaus, doch keiner der Ältesten trat zu ihm und redete mit ihm; aber ein Mann, den er nicht sehen konnte, steckte ihm von hinten einen mit Bleistift geschriebenen Zettel in die Hand. Er las ihn beim Licht der Lampen; dann zerknitterte er ihn in der Hand, wie man ein giftiges Insekt zerdrückt und warf das Papier weg, wie eine Sache, die man für immer vergessen will. Leiser dichter Regen rieselte herunter und er ging durch die

Straßen mit auf dem Rücken gefalteten Armen und gesenktem Haupt. Die Leute wichen ihm aus und suchten die andere Seite der Straße auf, so dass er meinte, er gehe ganz allein. Doch ich begleitete ihn ungesehen.«

»Und wie wurde es weiter mit ihm?«, fragte Peter gespannt, als der Fremde schwieg.

»Das alles ist erst am letzten Sonntag geschehen«, lautete die Antwort.

Wieder herrschte Schweigen.

»Nun, er ist doch wenigstens nicht gestorben.«

Der Fremde kreuzte die Hände über den Knien.

»Peter Simon Halket, es ist oft leichter für einen Mann zu sterben, als allein zu stehen. Wer allein zu stehen vermag, kann auch, wenn es sein muss, dem Tode ins Auge schauen.«

Peter sah den Fremden fragend an: »Ich möchte nicht sterben, noch nicht. Ich werde erst einundzwanzig Jahre. Ich möchte erst noch das Leben genießen.«

Der Fremde schwieg.

Nach einer Weile fragte Peter: »Sind alle von Ihrer Gesellschaft arm?«

Der Fremdling zögerte eine Weile, ehe er antwortete: »Es hat auch Reiche gegeben, die zu uns zu gehören wünschten. Einstmal gab es einen jungen Mann, der es begehrte, doch als er die Bedingungen vernahm, wendete er sich traurig ab, denn er hatte viele Güter.«

Wieder schwiegen sie eine Weile.

»Ist es schon lange her, seit Ihre Gesellschaft gegründet worden ist?«, fragte Peter.

»Kein Mensch kann ihr Alter ermessen. Selbst auf dieser Erde begann sie, als diese Hügel noch jung waren, und das Gestein noch nicht den Überzug von Flechten trug. Wenn in jener grauen Vorzeit der Mensch hungerte, nährte er sich vom Fleisch seiner Mitmenschen und fand es wohlschmeckend. Doch selbst in jenen Tagen gab es ein Weib, das großherziger und einsichtiger als die Männer war, und das darüber nachzudenken begann, als sie das Fleisch eines Gefangenen verzehrte. Während die Männer wieder einmal um das Feuer gelagert waren, die grausame Mahlzeit zu halten, schlich sie sich aus dem Kreise, und als die Männer an den Baum gingen das Schlachtopfer zu holen, war der Gefangene fort. Da riefen allesamt: >Das kann nur sie, sie allein getan haben, die immer gesagt hat: Ich mag Menschenfleisch nicht anrühren, Menschen sind mir ähnlich, ich mag sie nicht essen. Dies Weib ist von Sinnen, tötet sie.< Und es geschah. Aber in den Köpfen anderer Weiber und Männer hatte der Gedanke Wurzel geschlagen, auch sie weigerten sich, Menschenfleisch zu essen; bald dachte die Hälfte des Stammes so, und schließlich aß keiner mehr davon. Selbst in jenen verfallenen Zeiten gab es schon solche, die zu uns gehörten, ja, dass ich ein Geheimnis offenbare, gab es solche Regungen, ehe noch der Mensch diese Erde bewohnte. Denn die riesenhaften Tiere der Urwelt, die nur noch in versteinerten Überresten vorhanden sind, wachten liebevoll über ihre Jungen, und die Vögel, deren Krallen sich in die weichen Felsen eingedrückt haben, begrüßten mit freudigem Schrei den Sonnenschein und riefen einander liebevoll zu. Selbst in jenen Zeiten, da es noch keinen Menschen gab, war schon eine Vorahnung des Reichs der Liebe vorhanden. Und wie die Sonne auf- und untergegangen ist und die Planeten sie immerdar umkreisen, so nehmen auch wir immer mehr zu.«

Der Fremde erhob sich und stand hochaufgerichtet da, auf dem Hintergrunde der tiefschwarzen Nacht.

»Die ganze Erde ist unser, und der Tag wird kommen, an dem die Sterne, wenn sie auf diese unsere kleine Welt herunterblicken, keine Stelle mehr mit dem Blut dessen befleckt sehen, der von der Hand seines Mitmenschen gefallen ist; die Sonne wird auf- und untergehen, ohne dass ein Mensch den anderen knechtet und bedrückt. Sie werden die Schwerter umschmieden zu Pflugscharen und die Speere zu Okuliermessern; kein Volk wird Krieg führen gegen ein anderes. Statt der Dornen wird die Myrte wachsen, und kein Mann wird auf der geheiligten Erde den anderen unterjochen. Morgen geht die Sonne auf und bestrahlt die dunklen Kuppen mit ihrem Licht, und die Felsen erglänzen in ihrem Schein. Ebenso sicher wie der Sonnenaufgang morgen, ist das Kommen jenes Tages. Und ich sage Dir: Selbst in diesem Lande, das jetzt von den Wehklagen der Verwundeten und den Flüchen nach Rache wiederhallt, selbst hier, wo ein Mensch den anderen hinterlistig und tückisch überfällt und ein Acker voll Goldsand mehr gilt als tausend Seelen, ein Goldbergwerk so hochgeschätzt wird wie das halbe Volk, und die Geier übersatt sind vom Fleische der Erschlagenen – selbst hier wird dieser Tag kommen. Ich sage Dir, Peter Simon Halket, hier an der Stelle, da wir jetzt stehen, soll ein Tempel errichtet werden. Die Menschen werden sich hier nicht versammeln, um das anzubeten, was sie trennt, sondern sie werden Schulter an Schulter stehen, der Weiße mit dem Schwarzen, der Fremdling und der Eingesessene, und der Ort wird heilig sein, denn sie werden sprechen: ›Sind wir nicht Brüder, Söhne eines Vaters?‹«

Peter Halket sah schweigend empor.

Da fuhr der Fremde fort: »Einstmals schliefen Männer in einer Wüste und die Nacht war kalt und dunkel. Und als die Nacht am finstersten war, regte sich einer. Fern im Osten gewahrte er durch die halbgeöffneten Lider eine schwache hellere Linie, kaum breiter als ein Haar, welche die Spitze der Hügel umsäumte. Da flüsterte er in der Dunkelheit den Genossen zu: ›Der Tag kommt.‹ Doch sie hielten die Augen fest geschlossen und behaupteten: ›Er lügt, es ist nichts von Morgendämmerung zu sehen.‹«

»Dennoch brach der Tag an.«

Der Fremde schwieg. Das Feuer brannte in roten Flammenzungen, die weder hin- und herschwankten noch flackerten in den stillen Nachthimmel. Peter rutschte näher an ihn heran. »Wann kommt diese Zeit? In tausend Jahren?«

»Tausend Jahre sind wie die Wegstrecke, die wir gestern zurückgelegt haben, oder wie die Nachtwache heute, die sich ihrem Ende nähert. Siehe diese Felsen an: Die Zeit war jung und ist alt geworden, seit sie hier übereinanderliegen; es wird nicht die Hälfte jener Frist verstreichen, bis jene zukünftige Zeit da ist. Ich sehe ihren Anbruch bereits in den Herzen der Menschen.«

Peter kam immer näher, so dass er beinahe zu den Füßen des Fremden kniete; seine Flinte lag jenseits des Feuers.

»Ich wäre gern einer von den Euern«, sagte er. »Ich mag nicht mehr zu der Chartered Company gehören.«

Der Fremde blickte milde auf ihn herab. »Peter Simon Halket, kannst Du die Last tragen?«

Und Peter antwortete: »Gib mir eine Aufgabe, damit ich es versuche.«

Wieder schwiegen sie eine Weile; dann sagte der Fremde: »Peter Simon Halket, gehe hin und bringe eine Botschaft nach England –«

Dieser fuhr erschrocken zusammen.

»Gehe zu jenem großen Volk und rufe ihm laut zu: ›Wo ist das Schwert, das in Deine Hand gegeben wurde, um damit Gerechtigkeit zu üben und auf Milde zu halten? Wie durftest Du es in die Hände von Männern legen, die nichts als Gold suchen und nach Reichtum dürsten, und denen die Leiber und die Seelen der Menschen nichts mehr sind wie Zahlpfennige beim Spiel? Wie durftest Du das Volk, das Dir übergeben ward, dem Spekulanten und Hazardspieler überantworten, als wären die Menschen Vieh, das man kaufen und verkaufen kann? Nimm Dein Schwert zurück, großes Volk, aber wische es erst ab, sonst bleibt etwas von dem Golde und dem Blut an Deiner Hand kleben.

Doch was sehe ich? Das Schwert des großen Volks ist in ein Instrument umgestaltet, mit dem man Gold aus der Erde gräbt, so wie die Rüssel der Schweine nach Erdnüssen wühlen. Wusstest Du keinen anderen Gebrauch davon zu machen, großes Volk?

Nimm Dein Schwert zurück, und wenn Du es gründlich gereinigt und von Blut und Schmutz gesäubert hast, dann erst erhebe es, um die Unterdrückten in anderen Himmelsstrichen zu befreien.

Du Tochter großer Fürsten, gib Acht, Du gabst Dein Schwert in die Hand von Bösewichtern, die ihm die Spitze abbrechen und es schartig machen, und wenn dann die Stunde der Gefahr kommt, und Du es in die Hand wackerer Kämpen geben möchtest, ist es unbrauchbar. Drum sieh Dich vor! Sieh Dich vor!<

Rufe den weisen Männern Englands zu: >Ihr, die Ihr in Ruhe und Frieden in dem gedämpften Licht Eures Studierzimmers über alles im Himmel und auf Erden nachsinnet und alles Wissen für Euer Gebiet erklärt, habt Ihr keine Zeit, hierüber nachzudenken? Wem hat England seine Macht anvertraut? Wie gebrauchen jene Männer diese erschlichene Macht? Sagt nicht: Was haben wir mit jenen Leuten jenseits des Meeres zu schaffen? Haben wir nicht Stoff für ernstes Nachdenken genug im eigenen Lande? Wenn die Gedanken einer Nation nicht bis zu jener Stelle reichen, dann sollten die Hände nie dorthin ausgestreckt werden, um dort zu arbeiten; denn wohin die Kraft eines Volks geht, dahin muss die höhere Bildung und Einsicht mitgehen, um die Führung zu übernehmen. O Ihr, die Ihr bequem dasitzt und Vergangenheit und Zukunft erforscht, vergesst der Gegenwart nicht. Ihr habt kein Recht, so behaglich zu ruhen, ohne Euch darum zu kümmern, was diejenigen, die Ihr ausgerüstet und entsendet habt, in der Ferne treiben. Was ist aus dem Schwert der Nation geworden – Ihr Männer des Gedankens?<

Und den Frauen Englands sage: ›Ihr, die Ihr in prunk-
vollen Häusern wohnt, umspielt von Euern Kindern, wäh-
net nicht, dass es das Rauschen seidener Vorhänge ist oder
der leise Hauch des Windes. Horcht! Seid Ihr sicher, dass
es nicht das ferne Wimmern derjenigen ist, die von Euerm
Schwert regiert werden, das von weit her über den Ozean
zieht und bis in das innerste Heiligtum Eures Hauses dringt?
Lauschet!

Denn die Frauen eines herrschenden Volkes haben nicht
genug getan, wenn sie Kinder geboren und gesäugt haben;
über Land und Meer dringt zu ihnen die Stimme der ihrer
Erziehung anvertrauten Völker: Mutterherz, vertritt Du
uns. Es wäre Euch besser, Ihr wäret unfruchtbar und Euer
Geschlecht stürbe aus, als dass Ihr unser Wehklagen hörtet,
ohne eine Antwort darauf zu geben.‹«

Der Fremde hatte beim Sprechen die Hände erhoben und
Peter sah, dass beide die Narben alter Wunden zeigten.

»Rufe den Arbeitern und Arbeiterinnen Englands zu:
›Ihr, die Ihr seit langem Eure Stimme erhebt, weil der Fuß
Eurer Herrn schwer auf Euch lastet, Ihr, die Ihr die Könige
verwünscht habt, die sich nicht darum bekümmerten, wer
das Volk bedrückte, wenn nur ihr Schatz sich mehrte und sie
vollauf hatten. Ihr habt dem Könige die Macht genommen
und regiert an seiner Stelle; sündigt Ihr nicht jetzt so wie ehemals die Fürsten? Wenn jemand es wagte, Eure Arbeitszeit zu
verlängern oder das Brot zu verteuern, würdet Ihr Euch nicht
dagegen wie ein Mann erheben? Aber was den Menschen in
der Ferne geschieht, die unter Euerm Regiment stehen, tut
Euch nicht weh. Hört man Euch nicht manchmal sagen, wie
es ehemals die Könige taten: ›Es kommt nicht darauf an,
wem wir unser Schwert anvertraut haben, ob er ein Räuber
oder Spekulant ist, wenn er nur sagt, dass das Land uns gehört; wir müssen das Böse, was er getan hat, bemänteln.‹
Meinet Ihr, dass nur Eure Verwünschungen in den Himmel

dringen? Wo ist Euer Schwert? In wessen Hände ist es gefallen? Nehmt es schnell zurück und reinigt es!‹«

Peter Halket beugte sich nieder, blickte dann empor und rief: »Meister, ich kann diese Botschaft nicht ausrichten; ich bin ein armer ungelehrter Mensch. Ginge ich nach England und wollte ich sie verkünden, so würden die Leute fragen: ›Was ist das für ein Mensch, der ein großes Volk belehren will? Lebt nicht seine Mutter unter uns als Waschfrau, und war sein Vater nicht Tagelöhner, der für zwei Schilling den Tag arbeitete?‹ Und sie würden mich verspotten. Dazu ist die Botschaft zu lang, ich kann sie nicht ganz behalten; gebt mir eine andere Arbeit.«

Da sagte der Fremde: »So richte den Männern und Frauen dieses Landes eine Botschaft aus. Gehe vom Zambesi bis ans Meer und verkünde den weißen Männern und Frauen und sage: ›Ich sah ein weites Feld und darauf waren zwei schöne Tiere. Das Feld um sie war ausgedehnt, die Erde fruchtbar, voll süßer, würziger Kräuter, und so reichlich war die Weide, dass sie kaum verzehren konnten, was rings um sie her wuchs, und beide sahen einander ähnlich, denn sie waren Söhne einer Mutter. Doch als ich hinblickte, gewahrte ich fern von Norden her einen Fleck am Himmel, der so klein war und so hoch stand, dass das Auge ihn kaum unterschied. Dann kam er näher und schwebte über der Stelle, wo die beiden Tiere weideten – und sein Hals war nackt, der Schnabel gekrümmt, die Fänge lang und die Flügel stark. Der Raubvogel schwebte über dem Felde, wo die Tiere weideten; ich sah, wie er sich auf einen großen weißen Stein niedersetzte und wartete. Dann sah ich, wie noch mehr Punkte von Norden her sich näherten; es kamen ihrer mehr und mehr, und sie gesellten sich zu dem auf dem Stein. Einige davon schwebten über den Tieren, andere wetzten ihre Schnäbel an den Steinen und noch andere liefen hin und her zwischen den Beinen der Tiere. Ich merkte, sie warteten auf etwas.

Dann flog der zuerstgekommene Raubvogel von einem Tier zum anderen, hockte auf ihrem Halse und blies ihnen etwas ins Ohr. Und er flog so viel hin und her und schlug ihnen mit seinen Flügeln in das Gesicht, dass sie nicht mehr deutlich sehen konnten, und jedes der Tiere meinte von dem anderen angegriffen zu werden. Sie fielen über einander her und kämpften; sie rissen sich die Seiten blutig, bis das Feld rot von Blut war und der Boden unter ihnen dröhnte. Die Vögel saßen lauernd dabei; während das Blut floss, kamen sie immer näher. Schließlich war die Kraft beider Tiere erschöpft und sie sanken matt zu Boden. Nun setzten sich die Vögel auf sie und taten sich gütlich, bis sie sich vollgestopft hatten und die langen nackten Hälse von Blut tropften, und sie mit ihren scharfen Schnäbeln tief in den Eingeweiden der toten Tiere wühlten und mit ihren funkelnden Augen auf sie herniederblickten. Und der König der Vögel hackte den Tieren die Augen aus und fraß ihre Herzen; und als er übersatt war, blieb er nahe von ihnen auf dem Stein sitzen und klappte mit den Flügeln.<

Peter Simon Halket, sprich zu den weißen Männern und Frauen in Südafrika: >Ihr habt ein schönes Land; Ihr und Eure Kindeskinder könnt es nicht ausfüllen, selbst wenn Ihr jeden Fremdling, der herkommt, um mit Euch zu leben und zu arbeiten, mit offenen Armen aufnehmen wolltet. Ihr seid Zwillingsäste eines Baumes, Söhne einer Mutter. Ist Euch dieses Land nicht groß genug? Müsst Ihr einander zerfleischen, auf das Geheiß von solchen, die nur darauf lauern, sich von Euren Eingeweiden zu nähren? – Blickt in die Höhe: Sie kreisen schon in der Luft!<«

Peter zuckte zusammen und sah in die Höhe, doch über ihm lag nur der dunkle Nachthimmel des Mashonalandes.

Der Fremde stand vor ihm und blickte schweigend in das Feuer, während Peter die Arme ausstreckte, um seine Knie zu umklammern.

»Herr, wie soll ich diese Botschaft ausrichten? Die Holländer in Afrika werden nicht auf mich hören und sagen, ich sei ein Engländer. Und die Engländer werden sagen: >Was ist das für Einer, der da predigt >Friede, Friede, Friede<? Er ist kaum ein Jahr im Lande und bei keiner Gesellschaft beteiligt. Kann das, was er sagt, der Beachtung wert sein? Wenn der Mensch überhaupt zu etwas taugte, müsste er wenigstens schon fünftausend Pfund verdient haben.< Sie werden nicht auf mich hören, Herr, gib mir eine andere Arbeit.«

Da sagte der Fremde: »So übernimm eine Botschaft an einen einzelnen Mann. Suche ihn, gleichviel ob er wacht oder schläft, isst oder trinkt, und sprich zu ihm: >Wo sind die Seelen der Menschen, die Du gekauft hast?<

Sollte er darauf erwidern: >Die Seelen, die ich kaufte, waren nicht die von Menschen, sondern die von feigen Hunden<, so frage ihn weiter: >Wo sind –< Und unterbricht er Dich und ruft: >Du lügst. Ich weiß schon, was Du sagen willst. Was frage ich nach Gesandten? Habe ich mich je vor der britischen Regierung gefürchtet?<, dann frage ihn nicht weiter, sondern sprich: >Es war einst ein schwaches Nachtlicht. Es flackerte hin und her und ging aus – niemand achtete darauf, denn es war ja nur ein schwaches, elendes Lichtchen.

Aber da war ein anderes Licht, das setzten die Menschen in einen Leuchtturm, damit es allen draußen auf dem Meer leuchte, dass sie den hellen, ruhigen Schein von fern her gewahrten, den Hafen fänden und den Klippen entrinnen könnten.

Doch statt stetig und hell zu brennen, flackerte auch dies Licht, verlöschte zeitweise ganz, schillerte in allen Farben und tauchte bald hier bald dort auf. Allein die Seefahrer draußen auf dem Meer vertrauten dem Licht und meinten, sie würden es gewiss sehen, wenn sie an die Klippen kämen; so näherten sie sich in dunkler Nacht dem Lande, und statt den Hafen zu finden, zerschellten sie an den Felsen. Was soll diesem Licht geschehen? Denn es war ja kein schwaches Flämmchen, sondern von den Menschen hoch ans den Leuchtturm gesetzt, und die Seereisenden vertrauten ihm. Soll es nicht ausgelöscht werden?‹

Antwortet er dann: ›Was gelten mir die Menschen? Sie sind Toren – alle Toren mögen sie verderben‹, so erzähle ihm diese Geschichte: ›Einst war ein kleiner Bach, der unter dem Schnee auf einem Berggipfel entsprang; so rein und blau wie der Himmel über ihm floss er anfangs zwischen dem fleckenlosen Schnee dahin. Doch als dieser zu Ende war, musste der Bach zwischen zwei Wegen wählen: Der eine führte an der Berglehne entlang, zwischen Steinen und Felsblöcken über sonnige Halden zum Meer, der andere Weg führte durch einen Abgrund. Das Bächlein zögerte erst, wand sich hierhin und dorthin. Vielleicht konnte es sich zwischen den Steinen mühsam auf der Berglehne herab einen Weg bahnen, wo noch keiner gewesen war. Dann würden sich die Ufer begrünt haben, Blumen wären entsprossen, die Vögel hätten ihre Nester gebaut und frohlockend im Sonnenschein wäre das Bächlein dem Meere zugeeilt, das alle Wasser zu sich ruft.

Aber der Weg wäre erst schwierig zwischen den Steinen gewesen und es wollte schneller vorwärts kommen; da wählte es den zweiten Weg und sprang mit einem Satz in den Abgrund und lag nun neunhundert Faden tief als dunkler Teich da. Kein Sonnenstrahl oder Sternenlicht konnte in die tiefe Felskluft hineinscheinen. Doch da es lebendig war, konnte es nicht ruhen, sondern sickerte durch die lockere Erde und das Geröll, bis es in ein tiefes, von hohen Bergen umschlossenes Tal kam. Da kicherte das Bächlein in sich hinein: ›Haha! Hier will ich einen großen See bilden, ein Binnenmeer‹, und es suchte die Fläche zu bedecken. Doch es wurde kein See, nur ein Sumpf, denn das Wasser hatte keinen Abfluss; das Gras und die Bäume ringsum verfaulten, statt der lieblichen Vögel hausten nur giftige Kröten am Ufer, und ein ungesunder Nebel lag schwer über dem Wasser, so dass die Sonne nicht durchzudringen vermochte. Niemand ahnte, dass der Ursprung dieses Sumpfs rein und klar gewesen war und dass der Bach am Wendepunkt seines Weges nur eine etwas andere Richtung hätte einschlagen brauchen, um segensreich dem Meere zuzuströmen.‹«

Erst schwieg der Fremde, dann fuhr er fort:

»Sollte er sagen: ›Was liegt mir daran? Ich frage nur nach Gold und der Macht, die Menschen zu unterdrücken‹, dann schweige still.

Aber sollte er wider Erwarten Dich anhören, so sage ihm weiter: ›Der Morgen eines Tages mag grau und der Mittag düster und stürmisch sein, aber der Sonnenuntergang kann durch seine Herrlichkeit alles vergessen machen, so dass die Menschen sagen: ›Was für ein schöner Tag!‹ Für den Bach, der bergab geflossen ist, gibt es keine Umkehr, aber für die Seele des Menschen ist es nie zu spät.‹

Dann wird er wohl spotten und sagen: ›Du Tor, ein Mann kann sich völlig wandeln, ehe er das zwanzigste Jahr erreicht hat; er kann sich umgestalten, ehe er dreißig ist; aber nach dem vierzigsten Jahr bleibt er unverändert. Soll ich, der ich dreiundvierzig Jahre lang nach Geld und Macht gestrebt habe, jetzt etwas anderes zu erjagen suchen? Du willst wohl, dass ich wie Jesus Christus sein soll?

Wie kann ich ich sein und gleichzeitig ein anderer?‹

Dann antworte ihm: ›In der Tiefe eines jeden Menschenherzens liegt ein Engel; aber bei manchen sind die Flügel zusammengefaltet. Wecke den Deinen auf. Er ist größer und stärker als der von irgendeinem anderen Menschen; steige mit ihm empor.‹

Doch wenn er Dich verwünscht und sagt: ›Ich habe acht Millionen und frage weder nach Gott noch Menschen‹, dann sage nichts mehr, sondern bücke Dich und schreibe diese Worte in den Sand.« Dabei neigte er sich herab und schrieb mit dem Finger ein paar Worte in die weiße Asche. Peter beugte sich vor und las, was der Fremde geschrieben, und dieser fuhr fort:

»Sage ihm: ›Wenn Du auch strebst, Deinen Namen unsterblich in diesem Lande zu machen, ihn in Gold schreibst und ihn mit Diamanten besetztest, wenn auch das Blut, das vom Zambesi bis an das Meer vergossen ist, wie ein fester Kitt wirkt, dennoch –‹«

Der Fremde wischte mit dem Fuß die Worte aus und die Asche erschien wieder so glatt wie vorher.

»Und wenn er noch mehr lästern und sagen sollte: ›Es gibt in Südafrika weder Mann noch Weib, das ich nicht mit meinem Gelde erkaufen könnte. Wenn ich Transvaal besitze, könnte ich selbst den lieben Gott kaufen, wenn ich wollte‹, dann sage nur noch zu ihm: ›Dein Geld sterbe mit Dir‹, und gehe von ihm.«

Einen Augenblick herrschte Todesstille. Dann reckte der Fremdling die Hand aus und sagte: »Wenn Du von ihm gehst, bedenke das Eine. Es ist nicht die Handlung, sondern der Wille, welcher der Seele des Menschen den Stempel aufdrückt. Derjenige, welcher eine Nation zertreten hat, sündigt nicht mehr als jener, der sich an den Todesqualen des niedrigsten Geschöpfs weidet. Die kleine faulige Lache ist in jedem Tropfen ebenso giftig wie der große Morast. Wer dasselbe ersehnt und erstrebt hat wie jener Mann, ist ebenso schuldig, wenn ihm auch die Macht gefehlt hat, das Gleiche zu vollbringen. Und bedenke auch dieses: Auf der Erde werden Kinder Gottes geboren, die von den Menschen Genies genannt werden. Ein jedes von ihnen wird in früher Jugend an einen Scheideweg gestellt und muss seine Wahl treffen. Seine Gabe ist ihm verliehen für andere sowohl wie für sich selbst. Vergiss es nicht, dass, wie er auch wählen mag, auf ihm eine Verpflichtung liegt, welche die anderen nicht zu tragen haben – alle Möglichkeiten stehen ihm offen, seine Wahl ist

unbeschränkt, und wenn er hinter seiner Aufgabe zurück-
bleibt, dann weinet lieber über ihn, als dass Ihr ihm flucht,
denn er war als Kind Gottes geboren!«

Wieder herrschte Schweigen, dann umschlang Peter die
Füße des Fremden und rief: »Meister, ich wage nicht diese Botschaft auszurichten. Nicht weil die Menschen sagen
könnten: ›Das ist ja Peter Halket, ein gemeiner Soldat, den
wir alle kennen, ein Mensch, der sich Weiber hielt und auf
Nigger geschossen hat, der will jetzt den Propheten spielen.‹
Das ist alles wahr. Aber habe ich nicht selbst gewünscht –«,
und er wollte alles aussprechen, doch jener kam ihm zuvor:

»Peter Simon Halket, wenn zur Schlacht gerufen wird,
kommt es dann darauf an, ob die Trompete von gewöhnli-
chem Zinn ist oder von vergoldetem Silber? Ist die Trompete
die Hauptsache oder der Schlachtruf? Was tut es zur Sache,
ob ich meine Botschaft durch ein Weib oder ein Kind ergehen
lasse? Ist die Wahrheit weniger wahr, weil der Überbringer
gering geachtet wird? Ist der Mund, welcher spricht, oder das
gesprochne Wort ewig? Doch wenn Du lieber magst, so gehe
hin und sage: ›Ich, Peter Halket, ein Sünder, den ihr kennt,
den es nach Weibern und Gold gelüstet hat, der sich selbst
geliebt und seinen Nebenmenschen gehasst hat, ich –‹«

Der Fremde sah auf ihn herab und legte ihm sanft die
Hand auf das Haupt: »Peter Simon Halket, ich gebe Dir eine
schwerere Aufgabe, als Dir je aufgetragen worden ist. An der
kleinen Stelle, an der allein auf Erden Dein Wille herrscht,
da richte Du das Reich Gottes auf. Liebe Deine Feinde, tue
Gutes denen, die Dich hassen. Gehe unbeirrt Deinen Weg,
blicke nicht zur Rechten oder zur Linken. Beachte nicht, was
die Menschen von Dir sagen werden. Stehe den Bedrängten
bei, befreie die Gefangenen. Wenn Dein Feind hungert, so
speise ihn, dürstet ihn, so tränke ihn.«

Eine köstliche Wärme und Freudigkeit kam über Peter
Halket, als er dort kniete; es war ihm als sei er wieder ein klei-

nes Kind und seine Mutter zöge ihn an ihr Herz; er sah nichts mehr vor sich als ein mildes klares Licht. Aber er hörte eine Stimme sagen: »Weil Du die Barmherzigkeit geliebt hast und die Ungerechtigkeit verabscheut –«

Als er sich aufrichtete, sah er, dass die Gestalt des Fremdlings sich entfernte. »Meister, lass mich mit Dir gehen!«, rief er; doch jener wendete sich nicht um. Als die Gestalt aus dem Lichtkreis entwich, schien sie ihm größer und größer zu werden und während sie an der entgegengesetzten Seite des Hügels hinabstieg, meinte er noch einen bleichen hellen Lichtschein um das Haupt zu sehen; dann war sie verschwunden.

Und Peter Halket saß wieder allein auf dem »Koppje«.

II.

Es war ein heißer Tag. Die Sonne schickte ihre Strahlen über die einzeln stehenden Bäume, die verkrüppelten Sträucher, das hohe Gras und die ausgetrockneten Flussläufe. Hoch am blauen Himmel, so hoch, dass das Auge sie kaum zu unterscheiden vermochte, sah man die Geier nach Süden steigen; denn vierzig Meilen entfernt waren Kraals verbrannt worden und zweihundert schwarze Leichen lagen in der Sonne.

Am Ufer eines beinah trockenen Flussbettes war im Grase unter ein paar Bäumen und niedrigen Büschen ein kleines Lager aufgeschlagen.

Die Maultiere waren diesem Truppenteil vor einer Woche abhanden gekommen, und bis man sie wieder eingefangen haben würde, sollte hier gelagert werden. Die drei Lastwagen mit Proviant, die sie nach dem großen Feldlager bringen sollten, standen unter den Bäumen und man hatte ein Segeltuch über sie geworfen, sodass einige der Leute dort Schutz fanden. An der anderen Seite, der gerodeten und offenen Stelle, die den Lagerplatz bildete, war ein kleineres Segeltuch über zwei Pfähle gehängt und bildete eine Art von Zelt. Nach links zu, durch einige Büsche von dem übrigen Lager getrennt, stand unter einem hohen Baum das glockenförmige Zelt des Hauptmanns. Diesem Zelt gegenüber befand sich ein verkrüppelter Baum; der dicke und kurze weiße Stamm sah knorrig und wie vom Winde hin und her gedreht aus, während die beiden hässlichen gewundenen Äste wie ausgestreckte Arme erschienen.

Vor diesem Baum ging, das Gewehr im Arm, ein Soldat auf und ab. Er hielt den Kopf gesenkt und die Augen auf den Boden geheftet, während die Sonne auf ihn herunter brannte.

An drei oder vier verschiedenen Stellen des Lagers war Feuer zum Kochen angezündet; an drei derselben wurde Mais und Reis gekocht, das einzige Nahrungsmittel der Leute, denen der Vorrat an Fleisch in Blechbüchsen ausgegangen war. Die vierte Feuerstelle wurde von einem jungen Schwarzen bedient, der das schmackhaftere Essen für den Hauptmann zubereitete.

Die Mehrzahl der Leute war zur Zeit nicht im Lager anwesend. Man hatte erfahren, dass die Maultiere sich ein paar englische Meilen entfernt in den Hügeln aufhielten und die farbigen Diener waren abgeschickt worden sie zu holen. Zum Abend erwartete man sie zurück. Die weißen Soldaten waren ebenfalls ausgeschickt um zu sehen, ob sie irgendein Wild schießen könnten, als Zukost zu dem ihnen schon überdrüssigen Mais. Andere wieder machten Streifzüge um zu rekognoszieren, obgleich im Umkreis von dreißig englischen Meilen alle einheimischen Niederlassungen zerstört waren und weit und breit kein Schwarzer zu finden war. Selbst die wilden Tiere schienen verschwunden zu sein.

Im Schatten des von den zwei Pfählen gebildeten Zelts lagen drei Weiße, die das Lager zu bewachen und auf die Kochtöpfe acht zu geben hatten. Es waren sämtlich in der Kapkolonie geborene Engländer, die, auf dem Bauche liegend, sich die Zeit vertrieben, indem sie ab und zu ein paar Bemerkungen austauschten, oder ein paar Züge vorsichtig aus ihren Pfeifen taten; denn der Tabak war im Lager bereits recht knapp.

Ein Stückchen entfernt lag ein baumlanger Soldat von unbekannter Nationalität unter den Büschen; es hieß, er stamme von den britischen Inseln und sei weit in der Welt herumgekommen. Einige behaupteten, er sei wegen eines versuchten gewaltsamen Raubes in Australien zu drei Jahren Zwangsarbeit verurteilt gewesen; doch sicheres war über sein Vorleben nicht bekannt. Er war die halbe Nacht auf Wache gewesen und ruhte jetzt, indem er auf dem Rücken lag und den einen Arm über das Gesicht gedeckt hatte. Dass er nicht schlief, merkte man an der Bewegung der Kinnbacken, denn er kaute langsam an einem Stück Tabak; und wenn er dieses herumdrehte, öffnete er zuweilen den Mund, wobei zwei Reihen abgebrochener gelber Stummel in dem stark-geröteten Zahnfleisch sichtbar wurden.

Die drei aus dem Kaplande stammenden Engländer ach-teten nicht auf ihn. Zwei von ihnen, die bedächtig rauchten, waren groß und kräftig gebaut, doch mit der etwas nachlässi-gen Haltung der Schultern, welche man häufig bei den Eng-ländern und Holländern der dritten Generation hier findet. Sie hatten den gelassenen, gutmütigen Ausdruck, der gleich-falls den von Europäern abstammenden Bewohnern der Ko-lonie eigentümlich ist, die nicht in den großen Städten woh-nen. Der dritte war kleiner, hagerer, von viel beweglicherer Art, mit einer Adlernase, fahlen eckigen Zügen und einem mürrischen Ausdruck. Er führte das Wort, während die an-dern pafften und zuhörten:

»Was ich nicht vertragen kann, ist das!«, erklärte er und schlug mit der Faust auf den roten Sand. »Wir kriegen abends einen halben Teelöffel vom schlechtesten Brandy – und bei ihm liegen jetzt schon zehn leere Champagnerflaschen hinter dem Zelt. Wir müssen den Mais essen, den wir als Pferdefut-ter geholt haben, und er hat Pastete und Büchsenfleisch und tafelt wie ein Lord. So was lässt man sich ja bei den könig-lichen Regimentern gefallen; denn da bringt's die Disziplin mit sich und die Vorgesetzten sind Gentlemen und da nimmt man alles hin, wenn man weiß, dass man einen anständigen Offizier über sich hat. Die englischen Offiziere sind Gentle-men, das muss jeder zugeben. Ich wollte auch nichts sagen, wenn ich unter Selous stände –«

»Ja, vor Selous hat man Respekt«, stimmten die beiden ein und nahmen die Pfeifen aus dem Munde.

»Na, das sage ich ja auch Aber diese Kerle, die nicht zum Farmer taugen würden und zum Kaufmann auch nicht – die gar nichts vestehen und die nur von ihren Familien aus England weggeschickt worden sind, weil sie nichts mit ihnen anfangen konnten, die wollen uns hier draußen kommandieren! Das ist 'ne Sünde und Schande. Ich möchte wissen, ob ich nicht so gut bin wie einer von diesen Kerlen, die sich hier gegen uns aufspielen. Er hat gewiss reiche Verwandte, die was für ihn getan haben.« Dabei warf er einen scheelen Blick nach dem glockenförmigen Zelt. »Ja, wenn wir von richtigen englischen Offizieren befehligt würden –«

»Hm«, sagte der größte seiner Gefährten, der trotz seines hünenhaften Wuchses einen Ausdruck von Harmlosigkeit und Kindlichkeit in dem hübschen Gesicht zeigte, »Sie sind eben nicht so ein feiner Herr wie er. Der wird Oberst oder General, ehe wir uns versehen. Ich rede hier draußen schon jeden immer gleich mit Herr Oberst oder Herr General an; da geht man am sichersten; denn sind sie's heute noch nicht, werden sie's morgen.«

Er hatte damit einen Witz beabsichtigt und bei dem heißen Wetter und der allgemeinen Langeweile ließ der dritte diese Bemerkung auch dafür gelten und lächelte; doch der, welcher zuerst geredet hatte, blieb ernst und fuhr fort: »Ich weiß nur soviel. Ich würde es diesen Gesellen von der Company heimzahlen, wenn von meinen Angehörigen irgendjemand zu Schaden gekommen wäre; denn sie gaben die Ansiedler hier der Rache preis, während sie den hirnverbrannten Zug nach Transvaal unternahmen. Wäre meine Mutter oder Schwester getötet worden, ich hätte eine Pistole genommen und dem großen Macher eine Kugel in den Kopf geschossen, und die kleinen Macher hätte ich ihm hinterdrein geschickt. Das nenne ich 'ne schöne Verwaltung von einem Lande, wie sie's hier machen Erst fordern sie einen auf herzukommen und sich hier anzusiedeln; und hat man's getan, schicken sie alle wehrhaften Männer außer Landes, um einen Raubzug auf Gold nach Transvaal zu unternehmen und wir müssen die Suppe ausfressen. Ich sage, jeder Mann und jede Frau, die dadurch zu Tode gekommen, ist geradezu von der Chartered Company gemordet worden.«

»Nun, Jameson hat nur getan, was ihm befohlen war, er musste gehorchen so wie wir auch. Er hat den Plan nicht gemacht und kriegt nun die Strafe.«

»Was brauchte er sich darauf einzulassen? Ist das die gute Verwaltung, die sie uns vorgespiegelt haben? Es ist nun sechs Jahre seit ich hier im Lande bin und ich habe von Anfang an wie ein Nigger gearbeitet. Was habe ich davon, ich oder einer von den andern, die wir uns redlich geplagt haben, das Land zu bauen und in die Höhe zu bringen? Alle Vergünstigungen kriegen doch nur die vornehmen Leute in England oder die von ihrer Vetternschaft, die hierher gekommen sind. Wenn England morgen die Chartered Company in seine Verwaltung nähme, was würde man finden? Dass alle wertvollen Konzessionen Privatleuten überlassen sind, die ihre Taschen füllen, mag auch das Land darüber zu Grunde gehen. Es wäre gerade so, als wenn die Schakals erst die Knochen des toten Pferdes abgenagt hätten und dann den Löwen riefen, damit er nur noch dran lecken könnte.«

»Warten Sie nur noch ein Weilchen«, tröstete der hübsche Große, »dann werden Sie ›geschmiert.‹ Ich bin nun schon fünf Jahre hier draußen und Versprechungen habe ich die Menge gekriegt – aber sonst auch weiter nichts. Doch ich denke immer, es soll nochmal kommen, und darum halte ich den Mund. Wenn ich aufgefordert würde zu bescheinigen, dass der Herr Dingsda«, er nickte nach dem Zelt, »noch nie geflucht oder sich noch nie betrunken hätte, ich würde es schriftlich geben, wenn sie mich dafür gehörig schmieren wollten. In der Beziehung könnte ich viel vertragen – wenn's mir nur mal passierte.«

Er lachte bitter; der dritte, der noch nichts gesagt hatte, drehte sich um, so dass er nun auf dem Rücken lag und nahm bedächtig die Pfeife aus dem Munde.

»Ich will Ihnen 'was sagen«, fuhr der Hagere fort, »wir Farmer hier, die ein bisschen Land haben und richtig arbeiten wollen, haben diese Kriege satt – denn das ist alles Schwindel. Wenn wir ein paar ordentliche Befehlshaber hier gehabt hätten, so wie die Curries und Bowkers in der alten Zeit, wäre es nimmermehr so weit gekommen. Diese Kriege werden angefangen und abgebrochen, ganz nach dem Belieben der großen Herren; ob wir Landleute uns eben an die Arbeit gemacht haben, danach fragen sie nicht. Es ist verflucht bequem, immer so einen Krieg in Bereitschaft zu haben.«

Der dritte rollte sich wieder langsam herum auf den Bauch und sagte mit spöttischem Pathos: »Keine Übereilung Wir werden morgen wieder gegen die Matabele kämpfen!«

Sie lachten alle, selbst der seitab unter den Büschen liegende, der das Gesicht mit dem Arm beschattet hielt, verzog den Mund ein wenig, so dass die gelben Zahnstummel sichtbar wurden.

»Mich wundert nur«, sagte der hübsche Große, »dass die schwarzen Häuptlinge noch nicht eine Dankadresse an den großen Macher unterschrieben haben, indem sie sich für die gute Behandlung durch die Chartered Company bedanken und ihrer Befriedigung Ausdruck geben, dass Er sie regiert und dass sie sich bereit erklären, ihm auf gemeinsame Kosten ein ehernes Standbild zu setzen. Es ist gar nicht zu sagen, wozu man die Leute bringen kann, wenn man sie nur ordentlich schmiert.«

Der dritte Mann, der langsam die Hand vor das Gesicht hielt, drehte sich wieder um und fragte: »Was steht doch in der Bibel von dem großen Bild, das einen Leib und Hüften von Erz, aber Füße von Ton hatte?«

»Ich weiß nicht viel in der Bibel Bescheid«, antwortete der Hagere. »Ich will 'mal nachsehen, ob mein Topf kocht. Wird Ihr Reis nicht anbrennen?«

»Ich habe den Burschen des Hauptmanns gebeten, ein bisschen drauf acht zu geben – ob er's tun wird, ist allerdings fraglich. Schütten Sie den Reis und den Mais gleichzeitig herein?«

»Bleibt mir nichts andres übrig; ich habe keinen andern Topf und die Kameraden haben nichts dawider, 's ist 'ne Art von Abwechselung.«

Der Hagere begab sich langsam nach seiner Feuerstelle und der andere ging, um sich unter einen der Lastwagen in den Schatten zu legen, so dass der große Kapländer allein zurückblieb. Sein Feuer, das fünfzig Fuß entfernt brannte, war gut im Zuge. Er legte die übereinander geschlagenen Arme auf den Boden, den Kopf darauf und sah den kleinen schwarzen Ameisen zu, die in seiner Nähe geschäftig in dem roten Sande hin und her liefen.

Es wurde ganz still im Lager; nur ab und zu knisterte das Reisig im Feuer oder summten die Cicaden auf den Bäumen. Nur die einsame Schildwache ging noch immer zwischen dem Zelt und dem Baum mit der flachen Krone auf und ab; sonst ließ sich kein Mensch blicken und das Schnarchen des Mannes unter den Büschen, das man durch das halbe Lager hörte, zeigte, dass sein Schlaf jetzt kein geheuchelter sei.

Die heiße Mittagsglut strahlte auf das Lager herunter.

Endlich hörte man, dass jemand sich Bahn durch das hohe Gras und die Büsche machte; denn beides war nur wenige Fuß über die Lagerstelle hinaus fortgeräumt worden. Dann kam ein Mann zum Vorschein, der in der einen Hand eine Flinte, in der anderen einen geschossenen Vogel trug. Er war augenscheinlich ein Engländer und nach der frischen Farbe seiner Wangen zu schließen, die trotz des Verbrennens noch sichtbar war, hatte er Europa vor nicht langer Zeit verlassen. Jetzt sah das Gesicht erhitzt aus, hatte indessen dadurch nichts von dem gebildeten und temperamentvollen Ausdruck verloren, und die blauen Augen blickten klar aus dem fein geschnittenen Antlitz. Er trat zu dem hübschen Großen hin und ließ den geschossenen Vogel, vor ihm an die Erde fallen.

»Das ist alles, was ich erbeutet habe.«

Dann streckte er sich auch an die Erde, nachdem er sein Gewehr unter das improvisierte Zelt gelegt hatte.

Der andere griff nach dem Vogel, ohne die Arme zu heben. »Ich werde ihn in den Topf tun; dann bekommt der wabbelige Mais doch 'mal einen anderen Geschmack«, und er fing an den Vogel zu rupfen.

Der Engländer nahm den Hut ab und wischte das nasse Haar von der Stirn.

»Hundemüde, he?«, fragte der Große und sah ihn freundlich an. »Ich habe noch'n Paar Tropfen in der Flasche.«

»Danke nein, o ich halte es ganz gut aus; es ist nur ein bisschen warm.« Er hüstelte ein wenig, legte sich auch nieder, den Kopf auf den Arm gestützt, dabei sah er zu, wie der Kapländer mit dem Vogel hantierte. Er war aus England fortgegangen, weil er sich von der Schwindsucht bedroht fühlte, und da er im Mashonalande seinen Lebensunterhalt erwerben und beständig im Freien sein konnte, hatte er sich hierher gewendet, um seinen Eltern nicht länger mehr zur Last zu sein.

»Was tut denn Halket dort?«, fragte er plötzlich und hob den Kopf.

»Waren Sie heute früh nicht dabei?«, fragte der Kapländer, »haben Sie noch nicht gehört, dass die beiden ganz verteufelt aneinander gekommen sind?«

»Wer denn?«, fragte der Engländer und richtete sich auf den Ellenbogen in die Höhe.

»Halket und der Hauptmann.« Der Kapländer hielt mit dem Rupfen inne. »Du meine Zeit, sowas ist noch gar nicht dagewesen.«

Der Engländer richtete sich hoch auf und sah über die Büsche nach Halket, der noch immer auf und abging.

»Was tut er denn da in der glühenden Sonne?«, fragte er.

»Hält Wache. Zur Strafe«, versetzte der Kapländer. »Ich dachte, Sie wären dabei gewesen, als es heute früh passierte. So'nen Ulk habe ich noch mein Lebtag nicht mit angehört.« Er fiel beinah um, so lachte er noch in der Erinnerung an den Auftritt. Dann fuhr er fort: »Wissen Sie, einige von unsern Leuten suchten heute das Flussbett ab nach Wasserlöchern, da fanden sie, keine fünfhundert Yards vom Lager entfernt, einen Nigger, der sich in eine Erdhöhle im Ufer verkrochen hatte. Sie kamen ihm auf die Spur durch einen kleinen Pfad, den er nach dem Wasser festgetreten hatte, gerade so wie es die Stachelschweine machen. Den Eingang der Höhle hatte er mit einem Busch zugestopft und sie fingen ihn wie ein Erdferkel[5] in seinem Bau. Jedenfalls musste er eine lange Zeit hier zugebracht haben, nach den Gräten der Fische zu schließen, die er in den Wasserlachen gefangen hatte, und dann war auch noch eine Wurzel da, so dick wie ein Stock, die er halb durchgenagt hatte. Er war verwundet gewesen, hatte zwei Schüsse in die Hüfte gekriegt, aber er konnte schon wieder gehen. Es war ganz klar, dass er sich hier verkrochen hatte, um zu warten, bis wir wieder weg wären und dann seinen Leuten zu folgen. Er sah so ruppig und klapperig aus wie alle Schwarzen, wenn sie lange nichts zu essen gehabt haben.

Nun kurz, sie brachten ihn natürlich vor den Hauptmann und der fing denn gleich zu fluchen und zu wettern an, der Nigger wäre ein Spion und er sollte morgen gehängt werden; er würde ihn schon heute baumeln lassen, jedoch da die Hauptabteilung heute Abend zu uns stoßen könnte, wolle er erst warten, was der Oberst sage. Aber wenn sie nicht kämen, würde er ihn mit dem frühsten Morgen hängen oder erschie-

---

5 Orycteropus capensis.

ßen lassen, so gewiss die Sonne aufginge. Er befahl unsern Leuten, dass sie ihn an den kleinen Baum vor seinem Zelt binden sollten, und das geschah. Sie banden ihn mit Riemen von ungegerbtem Leder fest: um die Beine, den Leib und auch um den Hals.«

»Was sagte der Schwarze?«, frug der Engländer.

»O, sagen tat er nichts. Es war auch kein Mensch im ganzen Lager, der ihn hätte verstehen können, wenn er geredet; unsere Farbigen verstehen seine Sprache nicht. Ich meine, er ist einer von den blutdürstigen Rackern, die wir damals dort unten im Busch schlugen. Mir ist es indessen ein reines Rätsel, wie er in dem Zustande, in dem er damals gewesen sein muss, das Ufer mit seinem Bein heruntergekommen ist. Er wehrte sich auch nicht, als sie ihn fingen, sondern starrte nur so vor sich hin – aus Furcht wahrscheinlich. Übrigens muss er seiner Zeit ein stattlicher Kerl gewesen sein.

Also, wir hatten ihn eben fest angebunden und der Hauptmann wollte in sein Zelt und zu seiner Flasche zurück. Während wir alle noch 'rumstanden, tritt Halket gerade vor ihn hin und greift an die Locke oben auf der Stirn – Sie kennen ja seine Manier. Nein, das hätten Sie sehen müssen! Das war kostbar. Ich vergesse es nicht bis an mein Lebensende«, und das Lachen drohte wieder ihn zu ersticken.

»Nun fängt er an: ›Sir, darf ich etwas sagen?‹, so feierlich, als ob er eine Deputation einführen wollte, und dann redete er in einem Strich weg, so wie ein Junge in der Sonntagschule, der seine Lektion auswendig gelernt hat und sie nun herunterbetet, bis er ans Ende gekommen ist.«

»Was sagte er denn?«, fragte der Engländer.

»O er fing damit an, ›wir wüßten doch nicht, ob der Schwarze ein Spion wäre, und es wäre doch eine furchtbar ernste Sache, wenn wir ihn hinrichteten, ohne darüber ganz sicher zu sein; er hätte sich vielleicht nur versteckt, weil er verwundet gewesen wäre. Und dann wären diese Neger doch auch Leute, die für ihr Land kämpften, und wir würden uns ebenso gegen die Franzosen verteidigen, wenn sie uns England wegnehmen wollten, und die Nigger wären tapfere Leute, mit Verlaub, Sir.< Alle Augenblicke sagte er: >Mit Verlaub, Sir<, und fasste dabei nach der Stirnlocke. >Wenn wir gegen sie kämpfen, dürfen wir doch nicht vergessen, dass sie für ihre Freiheit fechten, und wir sollten nicht verwundete Gefangene erschießen, weil sie schwarz wären; da wir sie nicht erschießen würden, wenn es Weiße wären.< Und nun redete er wie ein richtiger Friedensapostel. Solch Blech haben Sie noch nie gehört; alle Menschen wären Brüder und Gott liebte den Schwarzen ebenso wie den Weißen, die Mashonas und Matabeles wären arme unwissende Leute und wir sollten uns ihrer erbarmen. Dann kam er mit dem Vorschlag heraus, wir sollten den Mann freilassen und ihm noch 'was zu essen mitgeben auf den Weg und ihn zu seinem Volk zurückschicken. Er sollte seinen Leuten sagen, wir wären nicht gekommen, ihnen ihr Land wegzunehmen, sondern sie zu belehren und brüderlich zu lieben. >Es ist schwer, einen Nigger zu lieben, Herr Hauptmann, aber versuchen müssen wir's; versuchen müssen wir's.<

Und dann sagte er immer wieder: >Ich glaube, ich kenne den Mann; er ist, meine ich, von Lo Magundis her<, als ob irgend wer den Kuckuck danach fragte, wo solche schwarze Bestie her ist, aus Lo Magundis oder anderswo. Er blieb aber immer dabei, dass er aus Lo Magundis wäre. Und dann ging's noch weiter. >Ich will nicht behaupten, dass ich besser bin wie andere Leute, Herr Hauptmann; ich bin ein so schlechter Kerl wie irgendeiner hier im Lager, und ich weiß es<, und nun beichtete er alle Sünden, die er schon begangen hätte: >Ich bin ein dummer unwissender Mensch, Herr Hauptmann; aber ich muss für den Nigger bitten, denn er hat ja keinen andern, der Fürsprache für ihn tut. Und wenn Sie erlauben, dass ich ihn nach Lo Magundis bringe, ist mir nicht bange.

Ich will den Leuten sagen, dass wir ihnen nicht ihr Land und ihre Weiber wegnehmen wollen; sie sollten unsere Brüder sein und uns lieben. Lassen Sie mich nur hin, Sir, ich will Friede mit ihnen machen, geben Sie mir den Mann, Sir.‹«

»Und was sagte der Hauptmann dazu?«, fragte der Engländer.

»Na, Sie kennen ihn ja und wissen, wie er bei jeder Kleinigkeit sonst lospoltert und flucht; aber erst stand er ganz baff da, mit herunterhängenden Armen und verdutzten Augen; dabei wurde er röter und röter und brummelte nur halb erstickt: ›Mein Gott! Mein Gott!‹ Ich meinte, ihn würde der Schlag vor Wut rühren. Und Halket stand vor ihm und sah gerade aus, als ob er uns alle nicht sähe und hörte.«

»Was tat der Hauptmann?«

»O, sowie Halket sich abgewendet hatte, fing er an zu fluchen, so wie ich ihn noch nie gehört habe. Die Flüche überstürzten sich ordentlich, einer immer auf den Hacken von dem andern. Es war beinah so ulkig wie Halkets Rede. Und als er nicht mehr konnte, beruhigte er sich ein bisschen und sagte, Halket sollte den ganzen Tag vor seinem Zelt auf- und abmarschieren und den Nigger bewachen. Dann gab er Befehl, wenn die große Abteilung heute nicht käme, sollte der Nigger morgen in der Frühe niedergeknallt werden und Halket sollte ihn erschießen.«

Der Engländer zuckte zusammen. »Und Halket? Was sagte der dazu?«

»Nichts. Er ist den ganzen Tag dort auf- und abgegangen.«

Der Engländer blickte hin und folgte mit den Augen dem von Zeit zu Zeit zwischen den Büschen auftauchenden Kopf von Halket.

»Ist der Nigger immer noch an den Baum gebunden?«

»Ja, der Hauptmann hat befohlen, dass keiner an ihn heran gehen soll und er den ganzen Tag hindurch nichts zu essen oder zu trinken bekommt, aber –« Der Kapländer blickte nach den Büschen hin, unter denen der Spion des Hauptmanns schnarchte, und setzte leiser hinzu: »Vor ein paar Stunden schickte Halket den schwarzen Burschen des Hauptmanns zu mir und ließ mich um einen Trunk Wasser bitten. Ich meinte, es sei für ihn selbst und konnte mir denken, dass den armen Teufel dort beim auf- und abgehen in der Sonne dürsten müsse, drum schickte ich ihm das Wasser aus meinem Segeltuchschlauch. Nachher wollte ich mich umsehen, was aus meinem Trinkbecher geworden wäre. Der Bursche war wieder fortgegangen; aber da vor dem Zelt des Hauptmanns, gerade der Tür gegenüber steht Halket und gibt dem nichtsnutzigen Schwarzen aus meinem Kruge zu trinken. Der Riemen war fest um den Hals des Niggers geschnürt, dass er nur ganz langsam schlucken konnte und da stand Halket und hielt es ihm hin. Wenn das der Hauptmann gesehen hätte! Da hätte es was gesetzt! Na, ich hätte nicht an Halkets Stelle sein mögen!«

»Meinen Sie, dass er Halket zwingen wird, es zu tun?«, fragte der Engländer.

»Natürlich wird er ihn zwingen. Er ist ein richtiger Teufel und Halket sollte sich nur nicht viel sträuben, sonst wird er's noch bereuen!«

»Morgen Abend gibt der Hauptmann den Befehl ab.«

»Ja, aber morgen früh hat er noch zu befehlen. Und wenn sich Halket von mir raten läßt, dann hängt er's nicht an die große Glocke. Ich will's keinem raten, sich hier mit den Vorgesetzten zu überwerfen. Was kommt's auf einen Schwarzen mehr oder weniger an? Er wird doch über kurz oder lang erschossen oder verhungert, auch wenn wir nichts dazu tun.«

»Es macht doch keinen Spaß, auf einen an Hals und Beinen gefesselten Mann zu schießen!«, erwiderte der Engländer, und die fein gezeichneten Brauen zogen sich zusammen und dehnten sich wieder aus.

»Ach, diese Schwarzen fühlen es nicht, wenigstens nicht so wie wir. Ich habe mal einen gesehen, der erschossen werden sollte; er blickte die Flinten ganz ruhig an und fiel dann bums um, ohne auch nur einen Laut von sich zu geben. Sehen Sie, sie haben kein Gefühl, diese Neger. Es liegt ihnen, glaube ich, nicht weiter dran, ob sie leben oder sterben, wenigstens nicht so viel wie uns beiden, wissen Sie.«

Die Augen des Engländers waren noch immer auf die Büsche gerichtet, hinter denen Halket's Kopf abwechselnd auftauchte und verschwand.

»Er hat kein Recht, Halket so was zu befehlen – und der wird es nicht tun, gewiss nicht!«, sagte der Engländer nachdenklich vor sich hin.

»Sie werden doch kein Tor sein und sich einmischen?«, versetzte der Kapländer und sah ihn verwundert an. »Das ist ein schlechtes Geschäft. Ich bin längst mit mir einig, dass ich kein Wort rede, was auch geschehen mag. Was würde auch dabei herauskommen? Setzen wir voraus, dass einer von uns es anzeigt, wenn Halket gezwungen würde, den Nigger zu erschießen; was würde die Folge sein? Es würden ein halb Dutzend von unsern Leuten geschmiert werden, um so auszusagen, wie es oben gewünscht wird – gar nicht 'mal zu reden von solchem Kerl«, er deutete auf den schnarchenden Schläfer, »der zum Spionieren bestellt ist. Übrigens glaube ich, dass er auch auf den Hauptmann aufpasst und über ihn nach obenhin berichtet. Jedes Telegramm, das man abschickt, wird durchgesehen und nur weiter befördert, was der Company in ihren Kram passt. Es sind eine Menge anständiger Leute unter den Kameraden; aber wer von uns kann alle Aussicht auf Vorwärtskommen hier im Mashonaland aufgeben, nur um Halket beizustehen, wenn er die Company wirklich verklagen wollte? Ich habe Halket selbst sehr gern; er ist wirklich ein sehr guter Kerl – und er hat mir manchen Gefallen getan. Erst gestern Abend hat er noch die Wache für mich übernommen, weil ich mich ein bisschen schwach fühlte – und ich würde ihm auch gern einen Dienst tun, etwas, das ich vor der Vernunft verantworten könnte. Aber das sage ich gerade heraus: Mit den Vorgesetzten überwerfe ich mich nicht, weder um seinetwillen noch um eines andern Menschen willen. Ich habe eine Braut dort unten in der Kolonie, die nun schon fünf Jahre lang auf mich wartet. Und ob ich sie heiraten kann oder nicht, hängt davon ab, wie ich bei der Company angeschrieben bin, und deshalb erkläre ich ganz offen, ich kann mich nicht mit den hohen Herren überwerfen. Ich bin hierher gekommen, Geld zu verdienen, und ich will was vor mich bringen. Wenn andre Leute mit dem Kopf durch die Wand wollen, mögen sie es tun; aber sie müssen nicht erwarten, dass ich es ihnen nachmache. Dies ist kein Land, wo einer frei von der Leber weg reden kann.«

Der Engländer stützte noch die Ellenbogen auf den Erdboden: »Und trotzdem heißt es, dass wir unter dem Schutz der englischen Flagge stehen.«

»Ja, aber mit einem schwarzen Querbalken, der die Company bedeutet«, lachte jener.

»Haben Sie schon zuweilen Alpdrücken gehabt?«, fragte der Engländer, und der andere meinte, er wolle den Gesprächsgegenstand wechseln, und sagte verwundert: »O ja, manchmal, wenn ich zu viel gegessen habe.«

»Ich habe es beständig, seit ich hier bin«, sagte der Engländer. »Es ist, als ob die weite Welt auf mir lastete, als ob eine ganze Erdkugel mich drückte, und ich bin die Mücke, die darunter liegt. Ich suche sie zu heben – und kann es nicht. Deshalb bleibe ich still darunter liegen – und lasse mich zerquetschen.«

»Merkwürdig, dass Sie hier oben an Alpdrücken leiden, wo man doch so wenig zu essen bekommt«, sagte der hünenhafte Kapländer.

Es entstand eine Pause, er rupfte jetzt die kleinen feinen Flaumfedern aus und der Engländer schaute den Ameisen zu.

»Das möchte ich noch sagen«, fing der Kapländer an. »Ich behaupte nicht, dass der Hauptmann in diesem Falle schuld war. Halket benahm sich zu dumm dabei. Er ist nie wieder ganz richtig im Kopf gewesen, seit er sich verirrt hatte und die Nacht über allein auf dem »Koppje« blieb. Als wir ihn morgens fanden, lag er in einer Art von totenähnlichem Schlaf; wir konnten ihn gar nicht erwecken. Trotzdem war es durchaus nicht einmal so kalt, dass er hätte erfrieren können. Seitdem ist er nie wieder der Alte gewesen: Von dem Tage an gab er den farbigen Troßknechten seine Rationen und überließ abends seinen Schluck Brandy den Kameraden und hielt sich ganz für sich. Die andern meinten, er hätte bei dem Umherirren im hohen Grase an jenem Tage einen Fieberanfall gehabt. Doch ich glaube nicht, dass es das war; ich meine, es ist gekommen, weil er ganz allein im »Veldt« war, das hat es ihm angetan. Mann, sind Sie jemals allein im Veldt gewesen? Tag und Nacht, ohne eine Seele zu haben, mit der Sie reden konnten? Ich kenne es aus Erfahrung und ich sage Ihnen, wenn ich noch drei Tage länger hätte allein sein müssen, wäre ich verrückt geworden oder fromm. Mann, die Nächte tun's einem an; wenn die Sterne über einem stehen und alles ringsum totenstill ist. Dann fängt man an zu denken, denken – denken. Alles fällt einem wieder ein, woran man seit Jahren und Jahren nicht gedacht hat. Ich redete zuletzt laut mit mir selbst und tat so, als wäre es ein anderer. Freilich war ich sieben Tage und Nächte allein und er nur eine einzige Nacht. – Aber ich glaube fest, es war die Einsamkeit, die's ihm angetan hat. Mann, die Sterne sind furchtbar und die Stille, die gegen Morgen kommt!«

Er stand auf. »Schade um ihn, sehr schade; denn er ist ein guter Kerl, wie's keinen bessern geben kann. Vielleicht wird er noch vernünftig.«

Dabei schritt er, den Vogel in der Hand, auf den Kochtopf zu. Als er fort war, legte sich der Engländer auf den Rücken und beschattete die Stirn mit dem übergelegten Arm.

Wenn er durch die weithingestreckten Äste des Baumes blickte, sah er hoch, hoch oben in dem klaren blauen afrikanischen Himmel die Geier nach Süden hin fliegen.

* * *

Abends saßen die Soldaten um die Feuerstätten und verzehrten ihr Abendbrot. Die größere Truppen-Abteilung war nicht eingetroffen; aber die Maultiere waren gebracht worden und sie sollten früh am nächsten Morgen aufbrechen.

Halket, der jetzt abgelöst, war an das Feuer gekommen und hatte sich etwas hinter die Gruppe gelagert, die dort versammelt war. Der Kapländer und der Engländer hatten den Leuten ihrer »Messe« Befehl gegeben, Halket in Frieden zu lassen und ihn nicht viel zu fragen, und da ersterer wegen seiner Hünengestalt, der Engländer wegen seiner Schneidigkeit gefürchtet wurde, ließen sie Halket in Ruhe. Sie saßen lachend und schwätzend um das Feuer, während der große Kapländer den Mais und Reis auf die Teller füllte und sie den Leuten hinreichte. Er gab auch Halket einen, der ein wenig nach links hinter ihm lag und sich auf seinen Ellenbogen stützte. Anfänglich rührte Halket das Essen nicht an; dann nahm er ein paar Bissen und legte sich wieder hin.

»Sie essen ja nichts, Halket?«, sagte der Engländer und drehte sich freundlich nach ihm um.

»Ich bin jetzt nicht hungrig«, entgegnete dieser. Etwas später zog er sein rotes Taschentuch heraus, schüttete den Inhalt des Tellers darauf und machte ein kleines Bündel daraus, das er neben sich legte, und sich dann wieder an die Erde streckte.

»Wollen Sie nicht näher ans Feuer kommen, Halket?«, fragte der Engländer.

»Danke – nein – die Nacht ist warm.«

Nach einiger Zeit zog Halket ein kleines Jagdmesser, mit grober Holzscheide aus seinem Gürtel. In seiner Nähe lag ein kleiner flacher Stein; er schärfte die Klinge darauf und prüfte sie wiederholt mit dem Finger. Nachher steckte er das Messer wieder in den Gürtel, stand langsam auf, nahm das Bündelchen mit und schritt nach dem Zelt hin. »Der hat einen sauern Tag gehabt«, bemerkte der Kapländer, »und liegt wohl gern zu Nest!«

Nun tauschten alle ungezwungen ihre Meinung über Halkets Lage aus. Ob der Hauptmann morgen auf seinem Befehl beharren werde? Ob es Halket täte? Ob der Hauptmann ein Recht habe, einen einzelnen für die Vollstreckung auszuwählen, statt sie alle eine Salve abfeuern zu lassen? Einer behauptete, er würde es gern an Halkets Stelle tun, wenn er den Befehl dazu erhalten hätte, und warum hätte sich Halket so zum Narren gemacht? So unterhielten sie sich bis neun Uhr; dann suchten der Hüne und der Engländer auch ihre Schlafstätte auf. Halket schien zu schlafen; er lag hart an der Seite des Zelts, das Gesicht nach dem Segeltuch gewendet, und sie legten sich leise nieder, um ihn nicht zu stören.

Um zehn Uhr schlief das ganze Lager mit Ausnahme der beiden, die die Wache hatten und die von einem Ende zum andern auf- und abgingen, um wach zu bleiben, oder zuweilen sich begegneten an dem großen, immer noch brennenden Feuer und sich über dies und jenes unterhielten.

Auch im Zelt des Hauptmanns brannte die ganze Nacht Licht, das durch die dünne Leinwand schien und den nächsten Umkreis erleuchtete; sonst war es in dem ganzen übrigen Lager still und dunkel. Gegen halb zwei ging der Mond unter und nun leuchteten von dem weiten afrikanischen Himmel nur noch die Sterne in voller Pracht herab.

Da stand Peter Halket auf, hob geräuschlos das Segeltuch und kroch auf allen Vieren hinaus. Erst als er ein Stückchen entfernt war, richtete er sich auf. Am Arm hing das rote Bündel mit Essen. Einen Augenblick sah er zu dem gestirnten Himmel empor; dann trat er in das hohe Gras und schlug die dem Lager entgegengesetzte Richtung ein; doch bald wendete er sich wieder um und dem Flußbett zu, in welchem er eine Weile dahin schritt. Nachher setzte er sich an den Uferabhang, zog seine schweren Stiefel aus und ließ sie im Grase liegen. Leise auf den Zehenspitzen gehend, folgte er dem kleinen Pfad, den die Kameraden festgetreten hatten, wenn sie Wasser zu holen gegangen waren. Derselbe führte gerade auf das Zelt des Hauptmanns und den kleinen flachkronigen Baum mit dem weißen Stamm und den seltsam ausgestreckten beiden Ästen. Als er vierzig Schritt entfernt war, hielt er inne. Ganz an der entgegengesetzten Seite des Lagers standen die beiden Wachen schwatzend am Feuer. Totenstille herrschte ringsum; der aus dem Zelt des Hauptmanns dringende Lichtschein ließ den Baum deutlich erkennen. Auch im Zelt war alles ruhig.

Einen Augenblick stand Peter Halket regungslos; dann schritt er auf den Baum zu. Der Schwarze hing so dicht gefesselt an dem weißen Stamm, dass sie eins zu sein schienen. Die Hände waren ihm an die Seiten gebunden und der Kopf war auf die Brust herabgesunken. Er hielt die Augen geschlossen und seine Glieder, welche einen ursprünglich ungewöhnlich kräftigen Wuchs verrieten, waren abgemagert, so dass die Gelenke weit vortraten. Das wollige Haar sah verwildert und vernachlässigt aus und stand in langen Strähnen nach allen Seiten; auch die Haut verriet den Hunger und die Leiden.

Die harten Lederriemen hatten über den Knöcheln in das Fleisch geschnitten und das herauströpfelnde Blut färbte den Sand zu seinen Füßen dunkel.

Peter Halket sah ihn an; er schien tot zu sein. Erst berührt er sanft den Arm und als noch keine Regung erfolgte, schüttelte er ihn ein wenig.

Der Mann öffnete langsam die Augen ohne den Kopf zu heben; dann sah er Peter unter den müden Lidern an. Hätten sie sich nicht bewegt, so würde man ihn trotz der geöffneten

Augen für tot gehalten haben. Peter legte den Finger auf den Mund und hauchte: »Pst!«

Jener hing teilnahmslos da, sah aber Peter an.

Nun kniete dieser nieder und zog das Messer aus dem Gürtel. Im nächsten Augenblick waren die Riemen, welche die Füße fesselten, durschnitten; ebenso schnell durchschnitt er die um die Arme und die Taille; sie fielen zu Boden und der Mann stand frei da. Wie ein betäubtes stummes Tier mit gesenktem Kopf stand er da und sah Peter unverwandt an.

Blitzschnell ließ Peter das Bündel von seinem Arm in die matt herabhängende Hand des Mannes gleiten.

»Ari-tsemaia Hamba Loup Fort!«, flüsterte Peter und benutzte ein Wort von jeder afrikanischen Sprache, das er kannte. Doch jener stand noch immer regungslos und wie gelähmt da.

»Hamba Sucka Fort!«, wiederholte Peter und deutete mit der Hand in das Dunkel.

Jetzt flog blitzschnell ein Ausdruck des Verstehens über das schwarze Gesicht; dann ein unbeschreibliches wildes Entzücken. Ohne ein Wort, ohne einen Ton, so wie der Tiger springt, wenn die wilden Hunde hinter ihm her sind, verschwand er mit einem langen Satz im Grase. Es schloss sich hinter ihm; doch die Blätter raschelten und die Zweige knackten unter seinen Füßen.

Der Hauptmann schlug die Tür des Zelts zurück. »Wer ist da?«, rief er.

Peter Halket stand unter dem Baum, das Messer in der Hand.

Der Lärm weckte alles im Lager; die beiden Wachehabenden kamen herbeigeeilt, man hörte ein paar Schüsse fallen und die verschlafenen Mannschaften kamen mit den Flinten in der Hand angelaufen. Da die Schüsse von dem kleinen Baum her gekommen waren, hieß es plötzlich im Lager: »Die Mashonas wollen den Spion befreien.«

Als die Leute das Zelt des Hauptmanns erreichten, sahen sie, dass der Schwarze fort war und Peter unter dem Baum lag, das Gesicht nach der Zelttür des Hauptmanns gewendet.

Alles rief wirr durch einander »Wieviel waren es?« »Wo sind sie hin?« »Sie haben Peter Halket erschossen!« »Der Hauptmann hat's gesehen!« »Aufgepasst, sie können in jedem Augenblick zurück kommen!«

Als der Engländer kam, von dem die Leute wussten, dass er eine Zeit lang Medizin studiert habe, machte man ihm Platz. Er kniete sich neben Peter Halket hin.

»Er ist tot«, sagte er ernst.

Man drehte die Leiche um und der Kapländer kniete sich an die andere Seite und leuchtete mit einer kleinen Handlampe.

»Was macht Ihr da noch! Das ist ja alles Unsinn!«, schrie der Hauptmann. »Was lohnt es jetzt nach Fußspuren hier an der Stelle zu suchen, wo soviel herumgetrampelt ist? Geht, bewacht das Lager von allen Seiten!«

Dann wendete er sich an den Kapländer und den Engländer: »Ich werde vier farbige Burschen schicken, um das Grab zu graben. Sie können ihn gleich begraben. Warten hat keinen Zweck. Wir brechen ganz früh morgens auf.«

Als sie allein waren, entblößte der Engländer Peter Halkets Brust; links war eine kleine Wunde sichtbar; eine zweite Schusswunde befand sich oben auf dem Scheitel, er konnte diese erst erhalten haben, nachdem er zu Boden gefallen war.

»Merkwürdig!«, sagte der Hüne. »Was kann er nur hier gewollt haben? Und solche kleine Wunde –«

»Ein Pistolenschuss«, antwortete der Engländer und deckte die Brust wieder zu.

»Ein Pistolenschuss?«

Der Engländer sah zu ihm empor und blickte ihn verständnisvoll an.

»Ich sagte Ihnen doch schon vorher, dass er den Schwarzen nicht erschießen würde. – Sehen Sie, da –«

Er nahm das Messer auf, welches Peters Hand entfallen war und passte es auf die Schnittfläche der durchschnittenen Riemen.

»Aber meinen Sie denn –«, fragte der Hüne und starrte ihn mit aufgerissenen Augen an und dann wieder nach dem Zelt des Hauptmanns.

»Ja – das ist meine Meinung. Gehen Sie und holen Sie Halkets Mantel; wir wollen ihn darin begraben. – Wenn's nicht lohnt etwas zu sagen, so lange einer noch lebt, lohnt's erst recht nicht, wenn er tot ist!«

Als er den Überzieher geholt hatte, sahen sie in den Taschen nach, ob sie irgendetwas fänden, das Auskunft gebe, wo Halket her sei, oder wo seine Angehörigen lebten. Doch in den Taschen steckte nur eine leere umflochtene Flasche, ein lederner Beutel mit zwei Schillingen und eine kleine gestrickte Zipfelmütze.

Da wickelten sie ihn in seinen Mantel und setzten ihm die kleine Mütze auf.

Eine Stunde, nachdem Peter Halket vor dem Zelt gestanden und auswärts nach den Sternen geblickt hatte, lag er unter dem kleinen Baum begraben, und der rote Sand war über ihm festgetreten, in dem sich das Blut des Schwarzen und des Weißen vermischt hat.

* * *

Den Rest der Nacht saß die Mannschaft um das Feuer, redete über das Ereignis und fürchtete einen Überfall. Nur der Hüne und der Engländer legten sich in ihrem Zelt nieder.

»Glauben Sie, dass eine Untersuchung gemacht wird, wenn die Truppe kommt?«, fragte der Hüne.

»Weshalb sollten sie es tun? Sein Kommando ist ja morgen zu Ende.«

»Werden Sie es anzeigen?«

»Was könnte das nützen?«

Sie lagen eine Stunde im Dunklen und hörten, wie die anderen draußen schwatzten.

»Glauben Sie, dass es einen Gott gibt?«, fragte der Engländer plötzlich.

»Natürlich glaube ich an Gott!«, versetzte der Hüne verwundert und erschrocken.

»Ich glaubte auch an ihn«, sagte der Engländer. »Ich glaubte nicht an Ihren Gott, aber an etwas Größeres als was ich verstehen konnte, das sich in dieser Welt bewegte wie die Seele in dem Körper. Und ich glaubte, dieses Wesen waltete so, dass das Gesetz der Ursache und Wirkung, welches für die physische Welt gilt, auch in der moralischen Gültigkeit habe, so dass dasjenige, was wir Gerechtigkeit nennen, in der Welt regierte. Daran glaube ich nicht mehr. Im Mashonalande gibt es keinen Gott!«

»Ach, sagen Sie nicht so was«, rief der Hüne ganz entsetzt. »Werden Sie nur nicht auch verrückt wie der arme Halket.«

»Nein, aber hier ist kein Gott!«, wiederholte der Engländer, drehte sich auf die Seite und schwieg; da schlief der Hüne nochmals ein.

Vor Morgengrauen hatten die Leute gepackt und waren marschbereit. Als es fünf Uhr war, fuhr einer der Wagen hinter dem andern her, die Mannschaft begleitete sie, teils beritten, teils zu Fuß, und das Lager blieb ausgeräumt zurück, bis auf einige leere Flaschen und Zinnbüchsen, und die Steine der Feuerstellen, um welche die Asche noch glühte.

Unter dem verkrüppelten Baum häuften der Hüne und der Engländer Steine übereinander. Ihre Pferde standen gesattelt neben ihnen.

Plötzlich kam der lange Reiter zurückgeritten. Der Hauptmann hätte ihn geschickt und sagen lassen, was sie da für Dummheiten machten? Sie sollten sogleich folgen.

Sie stiegen zu Pferd und ritten hinter ihm drein; aber der Engländer wendete sich im Sattel um und blickte zurück. Die Morgensonne beschien die weit ausladenden Äste der hohen Bäume, welche das Lager beschattet hatten; sie fiel auch auf das verkrüppelte Bäumchen mit dem weißen Stamm und den knorrigen Zweigen, und auf den Steinhaufen an seinem Fuß.

»Die Nacht auf dem ›Koppje‹ ist dran Schuld!«, sagte der Kapländer traurig.

Der Engländer blickte noch immer rückwärts: »Ich weiß doch nicht«, sagte er, »ob es jetzt nicht besser mit ihm steht als mit uns.«

Dann ritten sie den Übrigen nach.

www.ingramcontent.com/pod-product-compliance
Lightning Source LLC
Chambersburg PA
CBHW022345020726
47500CB00004B/1282